D1386611

Entrez au Petit Trianon et découvrez Marie-Antoinette,
une jeune reine passionnée par la nature et le théâtre,
qui s'amuse follement loin de la cour de Versailles !

Annie Jay

Annie Jay est une lectrice insatiable, passionnée d'histoire. Elle rencontre un grand succès avec ses romans historiques, dans lesquels elle exprime pleinement son talent d'auteur de jeunesse.

Du même auteur :

- Complot à Versailles - Tome 1
- La dame aux élixirs - Tome 2
- L'aiguille empoisonnée - Tome 3
- L'esclave de Pompéi
- À la poursuite d'Olympe
- Au nom du roi - Tome 1
- La vengeance de Marie - Tome 2
- Fantôme en héritage
- L'inconnu de la Bastille
- Le trône de Cléopâtre
- La demoiselle des Lumières - Fille de Voltaire
- La fiancée de Pompéi
- Le fils de Molière

Annie Jay

Les Roses de Trianon

Roselys, justicière de l'ombre

1

À Annie P., amoureuse de Versailles…

« À Trianon, je ne suis plus la reine, je suis moi. »

Marie-Antoinette, reine de France

Le domaine de **Marie-Antoinette**
- 1780 -

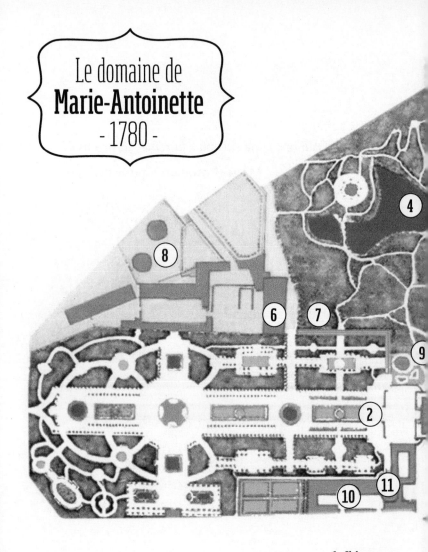

1- Château
2- Jardin français
3- Jardin anglais

4- Lac	**7**- Passage couvert	**10**- Communs
5- Rivière	**8**- Glacières	**11**- Chapelle
6- Théâtre	**9**- Jeu de bagues	**12**- Temple de l'Amour

Personnages réels

Marie-Antoinette de Habsbourg-Lorraine, reine de France, épouse de Louis XVI (1755-1793).

Louis XVI, roi de France (1754-1793).

Charles-Philippe, comte d'Artois, plus jeune frère du roi (1756-1836).

Élisabeth de France, dite « **Madame Élisabeth** », sœur du roi (1764-1794).

Yolande Martine Gabrielle, comtesse de Polignac, amie intime de Marie-Antoinette (1749-1793).

Aglaé de Polignac, sa fille, mariée au duc de Guiche, surnommée « Guichette » (1768-1803).

Louise d'Esparbès, mariée au vicomte de Polastron, surnommée « Bichette » (1764-1804).

Joseph de Rigaud, comte de **Vaudreuil** (1740-1817), Jean-Balthazar **d'Adhémar** (1736-1790) et Pierre-Victor de **Besenval** (1721-1791), amis de Marie-Antoinette et de Mme de Polignac.

Diane, comtesse de Polignac, belle-sœur de Yolande et dame d'honneur de Madame Élisabeth (1746-1818).

Pierre-Dominique Berthollet, dit « **M. Campan** », bibliothécaire et régisseur du théâtre de Trianon (1722-1791).

Pierre-Charles **Bonnefoy** du Plan, intendant et concierge du Petit Trianon, garde-meubles de la reine (1732-1824).

Marie-Jeanne Bertin, dite « **Rose Bertin** », couturière de la reine (1747-1813).

Florimond de **Mercy-Argenteau**, ambassadeur d'Autriche à Paris (1727-1794).

Franz-Anton **Mesmer**, médecin, inventeur du magnétisme animal (1734-1815).

Personnages fictifs

Roselys d'Angemont, fille de Joséphine et de Louis d'Angemont.

Joséphine d'Angemont, mère de Roselys.

Louis d'Angemont, père de Roselys, capitaine aux Dauphin-dragons.

Marguerite, **Églantine**, **Violette** et **Zinnia**, leurs filles, sœurs de Roselys.

Gaétan Ferrer, soldat, ordonnance de M. d'Angemont.

Étienne de Valsens, ami du comte d'Artois.

Hermine Charvey, peintre et amie de Valsens.

Degrenne, spadassin, homme de main.

Aimée de Croisselle, cousine de Roselys.

Marie de Croisselle, mère d'Aimée, tante de Roselys.

Lambert de Croisselle, père d'Aimée, oncle de Roselys.

Lucien de Féron, financier, fermier général.

Picard, valet de Valsens.

Mathieu et **Nicole,** domestiques des Croisselle.

1

Près de Chartres, juin 1780.

Zélie, la vieille servante, prit ses jupes à deux mains pour courir plus vite. Au loin, dans le pré, elle aperçut deux silhouettes masculines qui s'entraînaient à l'escrime.

— L'épée à la main ! marmonna-t-elle avec désapprobation. Si c'est pas malheureux !

Puis elle sourit en reprenant son souffle :

— Allez ! Les chiens ne font pas des chats. On dirait son père au même âge...

Un homme, en uniforme bleu des Dauphin-dragons, para habilement le coup de son adversaire, plus jeune et plus petit que lui.

— Attention ! cria-t-il. Tu te découvres sur ta droite !

— Moi ? répliqua l'autre d'un ton railleur.

Et il en profita pour se fendre[1], une jambe pliée. De la pointe de son épée mouchetée, il atteignit le soldat au niveau du cœur d'un geste rapide.

– Touché ! Tu ne t'y attendais pas, à celle-là !

– Ah non ! protesta l'homme avec véhémence. Ça ne compte pas ! Tu m'as déconcentré.

– J'ai provoqué cet instant de déconcentration, nuance ! le reprit son adversaire, fier de lui.

Puis il poussa des cris de joie enfantine, ses yeux marron brillants de fierté, avant de se lancer dans une danse de victoire, bras en l'air.

– J'ai gagné ! J'ai gagné ! Gaétan, je t'ai eu !

Mais Zélie l'arrêta dans son élan.

– Roselys ! Tes parents veulent te voir !

Les bras du vainqueur se baissèrent lentement. Le soldat et la servante entendirent un lourd soupir de déception.

– Flûte ! pesta l'intéressée. Ça ne peut pas attendre ? Nous n'avons pas fini la leçon...

Elle enleva son tricorne d'un mouvement plein d'agacement, ce qui fit couler une cascade de cheveux acajou dans son dos.

– Non, ma grande, reprit Zélie. Ton père a ordonné : « tout de suite ». Tu sais ce que cela veut dire ?

---

1. En escrime, faire un long pas en avant pour tenter de toucher l'adversaire.

Roselys rajusta en bougonnant sa chemise, puis sa culotte de toile qui lui descendait aux genoux. De haute taille pour ses seize ans, svelte et ainsi habillée, elle ressemblait à un très joli adolescent.

– Dans la bouche d'un officier de cavalerie, ronchonna-t-elle, cela veut dire « immédiatement ». Qu'arrive-t-il ?

– Une lettre de Paris, expliqua Zélie. De Mme de Croisselle, ta tante, à ce que j'ai cru comprendre.

– Oh non ! jeta Roselys. Ils vont m'envoyer là-bas... chez les... les courtisans.

Le dernier mot sonnait comme une insulte. Elle vivait si heureuse à Angemont ! Pourquoi devait-elle en partir, sous prétexte qu'elle avait passé seize ans ?

– Dépêche-toi, déclara à son tour Gaétan. Ne fais pas attendre Mme la marquise et le capitaine.

Il ramassa leurs deux armes et poussa la jeune fille vers le château, une belle bâtisse de pierre blonde aux tourelles garnies d'ardoises.

Une demi-heure plus tard, Roselys d'Angemont retrouvait ses parents au salon. Vêtue d'une robe à fleurs et d'un petit fichu de dentelle noué sur son décolleté, elle avait une tout autre allure. Ses cheveux acajou étaient sagement attachés par un ruban, et ses pieds chaussés d'escarpins à talons.

Assise sur un antique sofa datant de la jeunesse du roi Louis XV, sa mère brodait, tandis que son père lisait la dernière gazette. M. d'Angemont, tout en posant son journal, lui lança :

– Gaétan m'a dit que tu l'avais battu ? Mon ordonnance passe pourtant pour le meilleur bretteur de notre régiment... Bravo !

La jeune fille, radieuse, s'approcha du capitaine en tenant ses jupes avec élégance.

– J'ai inventé une feinte pour faire diversion, me suis fendue profond et l'ai touché au plastron !

– Louis, Roselys, soupira Joséphine d'Angemont. Soyez aimables de ne pas parler d'escrime devant moi. Vous savez bien que je n'y entends rien.

– Pardonnez-moi, Joséphine, s'excusa aussitôt son époux.

M. d'Angemont se pencha vers sa femme, une créature d'apparence fragile, pour lui baiser la main.

La règle était claire : les cinq filles du noble couple pouvaient s'adonner aux activités de leur choix, à condition qu'elles se conduisent en demoiselles bien élevées en présence de leur mère et de leurs invités.

Contrairement à la mode du temps, la marquise avait éduqué elle-même ses enfants, librement, selon les préceptes des philosophes Rousseau et Voltaire.

Et elle avait veillé à développer les goûts et les aptitudes de chacune, quels qu'ils fussent.

Elle leur avait ainsi épargné la vie rigide du couvent, tout en les couvrant de tendresse et d'attention. Grâce à leur mère, Roselys, Marguerite, Violette, Églantine, et même la petite Zinnia dessinaient, lisaient et dansaient. Violette et Zinnia chantaient à merveille, Églantine jouait plutôt bien du clavecin et pratiquait la pêche à la ligne, quant à Marguerite, elle composait de remarquables poèmes et montrait un grand talent pour la pâtisserie.

Bref, la fragilité de Mme d'Angemont n'était qu'une apparence. Tout au fond d'elle-même vibrait une femme et une mère fortes, capable de gérer un domaine et d'élever seule cinq enfants pendant les longues absences de son mari militaire, parti au service du roi Louis XVI.

Son époux, Louis, s'il regrettait parfois de ne pas avoir d'héritier mâle, n'en demeurait pas moins fier de sa progéniture. Roselys, en particulier, était chère à son cœur. Douée pour l'équitation et l'escrime, la jeune fille remplaçait ce fils que le ciel ne lui avait pas accordé.

D'un charme piquant, son aînée aimait aussi les études et la lecture. Parfaite ! Elle était parfaite. Enfin presque, car Roselys oubliait souvent d'obéir, et manquait par trop de patience.

– Assieds-toi, ma chérie, l'invita sa mère.

La jeune fille se posa sur un vieux fauteuil à la tapisserie mainte fois raccommodée.

– Vous vouliez me voir ? demanda-t-elle.

Son père sortit une lettre de son gilet. Sceau de cire rouge, blason des Croisselle... Roselys déglutit. Le sang bouillonnait dans ses veines, mais elle réussit, au prix d'un gros effort, à n'en rien laisser paraître. Son avenir se trouvait là, inscrit à l'encre sépia, dans le courrier de sa tante maternelle.

– Oui, répondit sa mère en prenant le papier des mains de son époux. Ma sœur Marie accepte de te recevoir à Paris. Comme ta cousine Aimée sort du couvent, Marie a bon espoir de vous présenter ensemble à la Cour...

– À la Cour ? protesta Roselys. Mais... vous m'avez souvent dit que la Cour abritait un nid de beaux parleurs venus faire fortune aux dépens du roi...

– Holà ! l'interrompit son père en se levant. Ne t'avise pas de répéter ce genre de chose chez ta tante, même s'il est vrai que je n'apprécie guère les courtisans. Des parasites...

Au grand désespoir de sa femme, il attaqua son sujet préféré :

– Les aristocrates qui veulent servir le royaume devraient mettre leurs terres en valeur ou créer des industries, plutôt que de courir les salons. Regardez notre petite fromagerie, elle fait vivre dix familles ! Autant de pauvres hères qui ne mendient pas dans les rues !

Ce fut au tour de Mme d'Angemont de l'arrêter :

– Pas de propos subversifs sous mon toit, je vous prie. Roselys, si ta tante te mène à Versailles, j'espère que tu y feras bonne figure et que tu te tiendras correctement. Ne va pas nous faire honte !

La jeune fille regarda ses pieds d'un air désolé, avant de déclarer d'un ton morose :

– Entendu, maman. Faut-il vraiment que j'aille à Paris ? J'ai bien le temps de me marier...

Sa mère soupira avant de lui expliquer avec douceur :

– Une telle opportunité ne se refuse pas. Hélas, les bons partis ne courent pas la Beauce. Nos voisins sont fort honnêtes, certes, mais on rencontre parmi eux plus de pauvres lourdauds que de riches lettrés... Et puis, reprit-elle, voilà une excellente occasion de voyager... De porter de jolies toilettes, de danser, de rire. De... faire connaissance avec des jeunes gens bien nés, distingués et spirituels.

Comme sa fille ébauchait une grimace, Louis d'Angemont insista :

– Ta mère a raison. Tu as seize ans, tu as passé l'âge de te conduire en garçon, même si je t'y encourage par faiblesse depuis que tu sais marcher. Nous te donnons la possibilité d'échapper à la monotonie de nos campagnes. Saisis-la !

Roselys leva un œil étonné. Évidemment, présenté comme cela, son voyage à Paris ressemblait moins à une punition. Elle réfléchit un instant avant de demander avec une moue :

— Devrai-je prendre seule la diligence ?

Son père se mit à rire.

— Point du tout. Je pars pour la Lorraine dans trois jours. Je dois y rejoindre le régiment des Dauphin-dragons à Thionville. Nous cheminerons ensemble jusqu'à Paris, avec Gaétan Ferrer.

Un début de sourire se peignit enfin sur le visage de la jeune fille. Ses yeux marron brillèrent.

— Alors, nous voyagerons à cheval ?

— À cheval, ma fille, confirma le capitaine en lui tapant familièrement sur l'épaule, ce qui fit faire les gros yeux à son épouse.

2

Ce soir-là, les cinq sœurs se réunirent pour tenir conseil. Marguerite, Églantine et Violette s'étaient affalées sur le vieux lit à baldaquin de Roselys, tandis que la petite Zinnia, assise sur le tapis devant la cheminée, caressait Folie, leur épagneul.

– Tu en as de la chance, soupira Marguerite. Visiter Paris, courir les belles boutiques...

Roselys, roulée en boule dans le fauteuil où elle aimait lire, les genoux sous le menton, marmonna d'un ton désagréable :

– Vas-y donc. Je te cède ma place ! Maman dit souvent que la tante Marie est une femme « collet monté ». Vois comme je vais m'amuser ! Quant à la cousine Aimée, elle sort tout droit du couvent... Elle ressemble sûrement à une potiche rougissante, ou encore à une gravure de mode.

Zinnia frotta sa joue pleine de taches de rousseur contre Folie qui se laissait cajoler, yeux fermés.

– Pauvre cousine Aimée... Maman dit souvent que le couvent rend les filles très bêtes.

Violette approuva :

– C'est vrai. Pauvre cousine Aimée. Nous, nous ne sommes guère riches, mais nous avons les plus gentils parents du monde, et nous sommes unies comme les cinq doigts de la main !

– Maman a raison, reprit Marguerite. La plupart de nos voisins sont ignares et pourtant fort imbus de leur naissance. Vous imaginez-vous épouser l'un d'entre eux ?

– Ni eux, ni d'autres ! pesta Roselys.

Elle se leva d'un bond. Cette conversation l'ennuyait. Certes, le rôle des filles de la noblesse était de se marier, mais, pour leur malheur, les demoiselles d'Angemont n'auraient guère le choix : leur maigre dot les obligerait à prendre qui se présenterait.

– Et l'oncle Lambert ? s'inquiéta Zinnia. Et le cousin Henri ? Sont-ils bêtes, eux aussi ?

Roselys souffla de plus belle :

– Je l'ignore. L'oncle Lambert commerce avec les Indes. Vous me direz, ce n'est pas une preuve d'intelligence. Quant au cousin Henri, son fils aîné, il vogue vers les Amériques depuis le mois dernier, pour rejoindre les troupes de M. de La Fayette...

— Il part à la guerre ? s'étonna Zinnia.

— Oui, combattre les Anglais qui refusent de donner leur indépendance aux Américains.

Roselys ouvrit son armoire. Elle n'avait plus envie de parler. Le visage sombre, elle sortit quelques vêtements qu'elle commença à trier en vue de son départ.

— Dis, fit Marguerite, tu nous écriras ? Je veux tout savoir des robes créées par Mlle Bertin, la modiste de la reine...

— Moi, j'aimerais que tu m'envoies des partitions de chansons..., demanda Violette, celles que l'on joue à l'opéra et dans les salons.

Roselys marmonna une réponse inaudible qui passa pour un oui.

— Je suis sûre, lança Églantine, que notre sœur préférerait guerroyer avec Henri au Nouveau Monde, plutôt que de vivre à Paris...

Elle avait mille fois raison ! Roselys manqua se mettre à pleurer, tant le destin lui semblait injuste. Dire qu'elle aurait tant aimé rester, alors que ses cadettes, Marguerite en tête, étaient bien plus dignes qu'elle de profiter de ce voyage.

Soudain, Zélie entra en trombe.

— Allez, ouste ! Mesdemoiselles, au lit !

Elles sortirent en ronchonnant, laissant Roselys seule avec son chagrin.

3

—Bonne route ! Adieu ! criaient en chœur les dames d'Angemont depuis le perron du château.

Elles avaient sorti toutes les cinq leurs mouchoirs qu'elles agitaient au vent. Roselys sentit son cœur se serrer. Combien de fois avait-elle fait ce geste, pour souhaiter bon voyage à son père ?

Chaque année, lorsque le capitaine regagnait son régiment, avait lieu la même scène déchirante. Parti à la fin du printemps, il rentrait l'automne venu, pour six mois de vie de famille bien mérités.

Aujourd'hui, elle aussi s'en allait.

Elle se retourna une fois encore, et chercha la frimousse de Zinnia qui sautait comme un cabri. Hélas, Roselys était déjà trop loin pour remarquer ses taches de rousseur, ces petites étoiles dorées sur ses joues rondes.

Et son beau château, quand le reverrait-elle ?
Et l'étang où elle pêchait avec Églantine… Et la délicieuse tarte aux pommes de Marguerite, quand en mangerait-elle de nouveau ? Une incroyable envie de pleurer la submergea. Elle déclara d'un ton faussement enjoué :

— Je pique des deux[1] pour faire courir Palmyre. Voilà longtemps qu'il ne s'est pas dépensé !

Le capitaine et son ordonnance échangèrent un regard entendu tandis qu'elle lançait son cheval au galop sur le chemin, soulevant devant eux un nuage de poussière.

— Ça lui passera, souffla avec assurance Louis d'Angemont à Gaétan. À son âge on oublie vite.

Roselys avait revêtu une longue veste marron sur une culotte de toile. La cravate blanche de sa chemise bouffait sur sa gorge et cachait sa poitrine. Elle avait posé son tricorne par-dessus une courte perruque d'homme pourvue de deux rouleaux et d'une petite tresse sur la nuque.

Lorsqu'elle était descendue de sa chambre, sa mère avait poussé les hauts cris :

— Roselys ! Passe encore que tu t'habilles ainsi pour courir les champs, nos paysans sont habitués.

---

1. En équitation, appuyer sur les deux éperons en même temps pour que le cheval accélère son allure.

Mais porter l'habit de garçon sur les routes, quelle indécence !

– Certes, avait reconnu son père qui s'attendait à sa réaction. Cela dit, Joséphine, voyez plutôt le côté pratique. Cette tenue est fort commode pour voyager. Laissez-la, que diable, ajouta-t-il en aparté. Elle se changera avant d'arriver, je m'y engage.

Puis il avait donné une bourrade affectueuse à Roselys, qui avait dû s'agripper à une chaise pour ne pas tomber.

– N'est-elle pas belle, ainsi déguisée ? avait-il clamé avec fierté. Un vrai petit marquis !

Et, la faisant tourner devant lui, il s'était étonné :

– Où as-tu caché ton épée ? Un gentilhomme sans épée, ce n'est pas un gentilhomme !

Là, sa mère avait protesté énergiquement ! Mais M. d'Angemont, qui paraissait s'amuser de la situation, avait ordonné à sa fille en la poussant vers l'escalier :

– Dépêche-toi d'aller la chercher !

Roselys à peine hors de leur vue, il avait saisi sa femme par les épaules. Après un baiser, il lui avait chuchoté en employant un tutoiement plein de tendresse :

– Fais-moi confiance, ma mie. J'aimerais que ce départ ne semble pas trop rude à notre princesse. Ainsi, ce petit plaisir restera dans sa vie comme un moment de bonheur.

Hélas ! Roselys n'oubliait pas si vite. Un furieux besoin la poussait à se retourner, encore et encore, pour apercevoir son cher château. Elle ne s'en priva pas, avec une moue de détresse, jusqu'à ce que les toits d'Angemont se confondent avec l'horizon.

— Ce soir, expliqua son père alors qu'ils quittaient les chemins de terre pour emprunter la grand-route, nous coucherons à Dourdan. Nos chevaux s'y reposeront et nos postérieurs aussi.

Il se mit à rire et regarda sa fille. Elle commençait peu à peu à se détendre.

— Tu as une sacrée chance de partir vivre à la capitale, lui lança-t-il avec bonne humeur. Peut-être même rencontreras-tu le roi et la reine, à Versailles. Moi, bien que noble, je ne les verrai jamais autrement qu'en gravure !

Roselys, maussade, haussa les épaules.

— Qu'irai-je faire à Versailles ? La tante Marie ne s'embarrassera pas d'une campagnarde comme moi à la Cour.

— Elle parle pourtant de t'y emmener.

— Eh bien, plaisanta-t-elle, si des fois je venais à croiser le roi, ce dont je doute fort, que voulez-vous que je lui dise ?

M. d'Angemont leva les yeux au ciel et pesa ses mots avant de répondre avec sérieux :

– Ce malheureux jeune homme[1] a hérité d'un bien lourd fardeau. Le royaume se trouve en piteux état et on attend tellement de lui... Le peuple souffre, la bourgeoisie et la petite noblesse aussi... pendant que la haute noblesse et le Parlement se gavent de pensions et de passe-droits... Allons! se reprit-il, conscient de livrer ses idées trop librement. Ce ne sont que pures fadaises de vieux soldat.

Puis il se mit à raconter des souvenirs de sa jeunesse. Cela égaya à merveille le trajet, car la route, droite et monotone, traversait des cultures à perte de vue, et n'en finissait pas.

– Dourdan! annonça enfin Gaétan alors que le jour tombait.

Ils s'arrêtèrent dans une auberge dont la porte grande ouverte laissait filtrer une alléchante odeur de volaille rôtie. Roselys sauta de cheval avec difficulté, tant son postérieur la faisait souffrir. Jambes arquées et tout en grimaçant de douleur, elle conduisit Palmyre jusqu'aux écuries.

Après s'être assurés que les palefreniers donneraient à leurs montures une bonne ration d'avoine

---

1. Louis XVI monte sur le trône en 1774, à l'âge de dix-neuf ans, au décès de son grand-père Louis XV. Peu préparé aux affaires de l'État, indécis et mal conseillé, il trouve un royaume dans une situation financière désastreuse et doit faire face à la révolte des parlementaires, qui exigent davantage de privilèges.

et leur content d'eau fraîche, ils gagnèrent la salle commune.

Une servante sortit de la cuisine en essuyant ses mains à son tablier. Jolie, fraîche et souriante, elle s'empressa de les faire asseoir.

— Bienvenue, messieurs ! Souhaitez-vous des chambres ?

Roselys regarda son père avec une lueur tout à la fois ironique et satisfaite : on venait de la prendre pour un garçon ! « Monsieur », on l'avait appelée monsieur !

— Bien sûr ! répondit Louis d'Angemont. Vous nous en donnerez deux, une pour moi, avec un lit de camp pour mon ordonnance, l'autre sera pour...

— Votre fils ? continua la femme dont les yeux allaient du visage du capitaine à celui de Roselys. Vous ne pouvez le nier, tant ce beau jeune homme vous ressemble.

— Mon fils, approuva le capitaine en se rengorgeant. À présent, pouvons-nous boire quelque chose ? Ma langue est desséchée.

— Naturellement, monsieur le militaire. Mais, avez-vous vu la pancarte ?

Elle leur montra du doigt un panneau cloué au-dessus de la cheminée, sur lequel était noté : « Qui dort dîne. » Puis elle ajouta :

– Si vous dormez, vous devez manger aussi.

– J'en serai ravi, se risqua Roselys en parlant d'une voix aussi basse et mâle que possible. Je meurs de faim !

Son père éclata de rire, sans que la serveuse comprenne ce qui le mettait dans un tel état de joie. Comme Roselys commençait à rougir de sa tentative ratée, Gaétan se pencha vers la femme, pour lui glisser, avec un sourire enjôleur et un regard rivé à son décolleté :

– Si votre cuisine est aussi agréable que vous, je suis prêt à manger de tout.

Elle en avait sans doute vu et entendu d'autres, et se contenta de s'esclaffer :

– N'ayez donc point les yeux plus gros que le ventre, mon beau soldat ! Pour l'heure, tout ce que je peux vous proposer se trouve sur le feu : de la soupe aux choux, une poularde farcie de champignons, une bonne terrine de lapin, de l'omelette au lard et, si vous avez encore faim, des compotes.

– Ajoutez un pichet de vin pour accompagner le tout, approuva le capitaine d'un air satisfait.

Gaétan soupira bien fort, afin que la servante l'entende. Puis il se risqua à lui prendre la main.

– Mettez-en deux, car il m'en faudra un, à moi seul, pour noyer mon chagrin et tenter de vous oublier.

La femme, tout sourire, se dégagea. Elle regagna les cuisines en chaloupant des hanches, tandis que Roselys s'empourprait de plus belle. Jamais, au grand jamais, elle n'avait vu Gaétan faire des avances à une femme. D'ailleurs, pour elle, Gaétan n'avait pas de sexe. Il était l'ordonnance de son père depuis dix ans, son maître d'escrime, et parfois même son confident.

Elle l'observa, ébahie de sa découverte. Mais Gaétan avait surpris son étonnement. Il expliqua, tout en dissimulant avec peine son hilarité :

– Ne nous trouvons-nous pas entre... hommes ? Eh bien, mon petit « monsieur » d'Angemont, les soldats se conduisent ainsi dans les auberges. Je ne parle pas de ton père, évidemment, qui est fort sage et ne court pas la gueuse. Quant à moi, si de bonnes fortunes se présentent – et là je peux t'assurer que j'en tiens une –, crois bien que je ne les laisse pas passer.

Voilà, les choses étaient dites. Roselys, témoin malgré elle des tentatives de séduction de son compagnon, fut prise d'un début de fou rire nerveux, tant elle se sentait gênée. Mais Gaétan poursuivit, en lorgnant, yeux mi-clos, la servante qui s'en revenait avec le vin et trois gobelets d'étain :

– Mon capitaine, si vous permettez, je pense que, ce soir, je ne dormirai pas dans votre chambre.

Puis il lança à la serveuse une œillade à faire dégeler un glacier. M. d'Angemont ne chercha pas un instant à préserver la pudeur de sa fille, il acquiesça, hilare :

– Ne t'en prive pas. Tâche toutefois d'être de retour pour le chant du coq, avec de l'eau pour ma toilette. Et n'y laisse pas toutes tes économies ! La route est longue jusqu'à Thionville…

Voyant Roselys écarlate, il lui donna un coup de coude et lui glissa tout bas d'un ton faussement désapprobateur :

– Cesse donc. Tu vas faire fuir la conquête de notre ami.

La servante, tout en posant le pichet et les gobelets, frôla Gaétan plus que nécessaire. Son sourire, à présent, était une invitation.

« Finalement, songea Roselys, ce voyage se révélait plein d'intéressantes surprises ! »

4

Le bourg d'Antony, aux portes de Paris, apparut enfin. Quelques fermes entourées de champs et de belles maisons de plaisance firent bientôt place à des habitations construites de part et d'autre de la grand-rue. L'une des bâtisses, un relais de poste[1] dont la porte était surmontée d'une treille, semblait des plus accueillantes. Louis d'Angemont ordonna en soupirant de lassitude :

– Gaétan ! Demande s'il reste des chambres.

Le soldat descendit de sa monture. Il allait aider Roselys, mais celle-ci sauta de sa selle avant qu'il intervienne, ce qui ravit son père.

---

1. Le relais de poste est le lieu où étaient tenus prêts des chevaux frais pour les cavaliers et les voitures, en particulier celles de la poste qui, ainsi, ne perdaient pas de temps. Les voyageurs pouvaient y manger et s'y reposer.

– Quelle endurance ! la complimenta-t-il.

Elle réprima une grimace de douleur et se massa le bas du dos, avant de répondre en riant :

– En fait, je ne sens plus mes jambes !

M. d'Angemont se laissa glisser lourdement au bas de son cheval. Il s'étira ensuite en maugréant sur son âge, sur les bons petits plats de Zélie qui l'empêchaient de fermer son uniforme, et sur la pinte de poussière avalée sur la route, qui lui desséchait le gosier...

– Père, entrez à l'auberge, je m'occuperai des bêtes. Marcher me délassera.

La jeune fille aussi se ressentait de ces deux jours de voyage. Sale et la peau moite, elle aurait apprécié un bon bain. À Angemont, elle se serait déshabillée pour plonger dans la rivière. Ici, il lui faudrait attendre le soir pour profiter d'une cuvette et d'un malheureux broc d'eau.

Elle mena leurs trois chevaux par les rênes au centre de la cour, à un abreuvoir de pierre. Tandis qu'ils se désaltéraient, Roselys mouilla sa nuque de la main en soupirant d'aise.

– J'ai besoin d'un cheval frais au plus vite ! s'écria une voix d'homme à l'intérieur d'un bâtiment. Hâtez-vous, bon sang !

Roselys se retourna. Un voyageur mécontent s'en prenait au palefrenier. Devant la porte, un cabriolet[1] à deux places était dételé. Une ravissante femme rousse marchait à côté, bras croisés, l'air nerveux.

– Je n'en ai pas à vous offrir, répliqua le valet. Attendez que le vôtre se repose.

La rouquine s'arrêta pour écouter, avec une évidente contrariété peinte sur le visage... Jamais Roselys n'avait vu personne d'aussi élégant ! Elle portait une robe de taffetas parfaitement déplacée dans cette cour de terre battue puant le crottin. Quant à son chapeau, une grande capeline surmontée de plumes et de fleurs, Marguerite, sa sœur, aurait tout donné pour posséder le même.

– Un relais de poste sans chevaux frais ? s'emporta le client. Vous vous moquez !

– Il ne m'en reste point. N'insistez pas. J'ai promis le dernier à un roulier[2] qui doit passer.

Roselys, agacée par la dispute, souffla. Elle caressa Palmyre qui n'en finissait pas de boire. Le pauvre n'était pas habitué à de telles cadences.

Elle rêvait de calme pour réfléchir. Demain Paris... Quel ennui ! Finie la liberté... Terminées les chevauchées vêtue en homme, les fous rires avec

---

1. Véhicule à cheval léger, à un seul essieu, conduit par un des passagers et généralement muni d'une capote amovible.

2. Voiturier qui transporte des marchandises sur des chariots. Ancêtre de notre chauffeur routier.

ses sœurs, les leçons d'escrime... La tante Marie lui imposerait sûrement une discipline de fer... Port du corset, langage châtié, petit doigt en l'air... Tout ce qu'elle détestait !

– Poussez-vous, mon cheval a soif !

Roselys sursauta. Une espèce d'énergumène renfrogné la toisait. Vingt ans, cheveux coiffés en rouleaux poudrés, il arborait un riche justaucorps sur un gilet, des bas de soie et une épée au côté. Un gentilhomme ? Peut-être. En tout cas, il s'agissait d'un bellâtre. Et prétentieux, en plus. Monsieur était pressé d'être servi ? Monsieur s'en prenait au personnel et aux voyageurs ?

Il tenait par la bride une jument pommelée à la bouche écumante. En un autre moment, la jeune fille aurait cédé la place sans discuter, mais le ton autoritaire du malpoli lui fit serrer les poings.

– J'étais là avant vous, lui déclara-t-elle sans bouger. Attendez votre tour.

– Je dois reprendre la route au plus vite !

– Avec votre jument dans cet état ? A-t-on idée de traiter ainsi une si belle bête ! Si vous voulez la tuer, vous vous y prenez comme il faut.

– Vous a-t-on demandé votre avis ? lui lança-t-il, le regard noir. Écoutez, blanc-bec, je ne me sens pas d'humeur à discuter... Dégagez !

Dans leur dos, la rouquine glapit :

– Dépêchez-vous, que diable ! Nous perdons un temps précieux !

L'homme, sans plus se gêner, bouscula Roselys. Il écarta son cheval, et mit sa jument à sa place. Pour la jeune fille, ce fut l'insulte de trop.

– Vous m'offensez ! s'écria-t-elle en tirant son épée.

– Cesse de fanfaronner, bougre d'âne.

– À présent, vous m'injuriez ! En garde !

Le gentilhomme sortit lentement son arme. Il soupira, comme agacé, et affermit sa prise sur la garde de l'épée d'un geste plein d'assurance. Roselys se sentit frémir... Qu'avait-elle fait ? Provoquer un inconnu ?

Alerté, le palefrenier arriva en courant.

– Il y a sûrement moyen de s'arranger, s'écria-t-il quand il les vit sur le point de s'écharper.

Puis, se tournant vers le bellâtre, il tendit vers lui les mains dans un geste d'apaisement.

– Ce cheval qui était réservé, je vous le donne, proposa-t-il. Je vais l'atteler immédiatement.

Effectivement, il s'en occupa aussitôt. Le jeune homme parut soulagé. Il commença à rengainer son arme, mais Roselys, vexée, gronda :

– Vous fuyez ? Lâche !

Cette fois, c'est son adversaire qui prit la mouche. Elle entendit le bruit de sa lame qui fendait l'air et admira en un éclair la souplesse de son poignet. Une bouffée d'excitation montait en elle, exaltante...

– Arrêtez ! cria son père dans son dos. Monsieur, mon... fils possède le sang chaud de la jeunesse. Il ne s'est encore jamais battu en duel. Je ne sais ce qui a provoqué cette querelle, mais je suis tout prêt à vous présenter des excuses en son nom.

Sa voix tremblait. Son père avait peur, peur pour elle.

Blessée dans son orgueil, elle leva le menton.

– Laissez, père. Ce malpoli a besoin d'une leçon.

Et sans plus attendre, elle se jeta en avant. Bien que surpris par sa fougue, l'homme para l'attaque sans difficulté. Elle se lança dans une suite de coups menée à un train d'enfer ! Mais le bellâtre suivait. Elle devait feinter, se dit-elle en se rappelant les leçons de Gaétan. Les femmes possédaient une constitution moins solide que les hommes, elles se fatiguaient plus vite... C'est ce qui l'attendait. Une ruse, elle devait trouver une ruse... L'abreuvoir...

Elle profita d'une rupture pour se poster de biais. L'homme vit une ouverture qu'il prit pour une faute. Il se fendit profond, une jambe pliée, bras tendu, presque à la toucher, mais il la manqua d'un cheveu. Roselys en lâcha un cri, tant il lui fit peur ! Le temps qu'il se remette d'aplomb, elle avait sauté sur la margelle de l'abreuvoir.

Le souffle court, elle reprit l'assaut, avec un sentiment grisant de puissance. Ainsi placée, elle avait l'avantage... À condition qu'elle garde l'équilibre ! Elle devait se dépêcher de riposter, car elle ne tiendrait pas longtemps. Elle enroula son arme autour de celle de son adversaire et, d'un fouetté du poignet, rapide et précis, elle l'envoya voler au loin ! Déséquilibré, le bellâtre tomba à terre.

Elle descendit d'un bond, en riant. Elle avait gagné ! Malgré ses jambes flageolantes, elle se mit à sauter de joie ! Mais son père l'arrêta. Il l'attrapa par le bras, pour la faire cesser tandis que Gaétan aidait le perdant à se relever.

– Monsieur, lui lança le capitaine d'un ton plein de solennité. Mon fils vous a désarmé de la façon la plus honnête. Je pense que nous pouvons en rester là. Inutile d'aller jusqu'au premier sang.

Après avoir salué, il s'empressa de pousser Roselys vers la salle commune.

– Pauvre sotte ! lui glissa-t-il, furieux. Et s'il t'avait blessée ? S'il avait découvert ce que tu caches sous tes vêtements ?

L'exaltation de Roselys retomba d'un coup. Elle se retourna pour lui faire face et aperçut la voiture du bellâtre qui filait sur la route, lui tenant les rênes et la rouquine agrippant son chapeau à deux mains.

– Ça, ricana Gaétan quand il les vit disparaître, c'est une femme qui trompe son mari. Le cocu doit leur donner la chasse. C'est pour cette raison qu'ils étaient si pressés de décamper.

Effectivement, quelques instants plus tard, un cavalier pénétrait dans la cour de l'auberge.

– Un couple... dans un... cabriolet..., demanda-t-il d'une voix hachée en sautant de cheval.

– Oui ? s'étonna faussement Gaétan tandis que l'homme menait sa monture à l'abreuvoir.

– Eh bien ! Les avez-vous vus ?

Visage en lame de couteau, cheveux longs poivre et sel libres sous son chapeau... Son costume sombre était des plus ordinaires, mais son épée... Gaétan et le capitaine, tout comme Roselys, l'avaient remarquée. Une arme de prix, une arme de professionnel. Il s'agissait sans doute d'un homme de main à la solde du mari trompé. L'ordonnance, qui avait un petit côté fleur bleue, répliqua en riant :

– Ah, le couple ! Ils sont partis par... là.

Il lui montra une autre direction. L'individu ne prit pas la peine de remercier. Il sauta en selle et disparut.

– Ça donnera de l'avance aux amoureux, expliqua Gaétan. Ton adversaire s'est bien défendu, il mérite cette petite faveur.

Mais peu importait ! Roselys reprit, hilare :

– Le bellâtre, je l'ai battu, Gaétan, battu !

Et elle se remit à crier de joie.

– Tais-toi ! lui ordonna son père. Gaétan, va t'occuper des bêtes, je dois parler à Roselys.

À peine l'ordonnance partie, M. d'Angemont la tança :

– Es-tu folle de te donner ainsi en spectacle ? Demain, je te mènerai à Paris vêtue en fille. Jure de bien te comporter et de ne pas choquer ta tante par une tenue ou des manières déplacées...

– Je le jure !

Elle pensait le chapitre des remontrances clos, mais son père insista :

– J'oublie trop souvent qui tu es...

Ces mots firent mal à Roselys.

– Fille ou garçon, répliqua-t-elle d'un ton acide, quelle importance ! Hier, vous m'avez traitée en fils, et voilà qu'aujourd'hui vous le regrettez.

Le capitaine se mordit les lèvres.

– Je ne regrette rien. Mais je t'encourage par trop à agir comme un garçon. Plus tard, tu seras malheureuse de ne pouvoir vivre libre, car ton mari, la société et l'Église te l'interdiront.

Cet aveu mit Roselys mal à l'aise.

– Je vous promets de me conduire en fille..., jura-t-elle de nouveau, à compter de demain.

– Parfait, fit-il en retrouvant le sourire et en l'entourant affectueusement de son bras. Roselys... ce combat... tu t'en es bien tirée.

5

Paris.

Les Croisselle habitaient un bel hôtel particulier dans le vieux quartier du Marais. La famille, anoblie depuis un siècle et demi, avait bâti une fortune considérable sous Louis XIV grâce au commerce des épices en provenance des Indes où ils possédaient de grands domaines.

Hélas, la terrible guerre de Sept Ans avait mis un terme à leur empire, car les Anglais leur avaient saisi bon nombre de terres, et détruit plusieurs navires.

Aujourd'hui, en cette année 1780, leur richesse n'en imposait plus. Au grand dam de Marie, l'épouse de Lambert Frémont de Croisselle, troisième du nom, leur famille ne brillait plus dans les salons de Versailles. En attendant des jours qu'elle espérait meilleurs, Marie s'efforçait de tenir son rang et de sauvegarder les apparences par un luxe de façade.

Son portier en livrée bleue, perruque et gants blancs en témoignait. Il laissa échapper une grimace de dédain lorsqu'il vit arriver deux dragons en uniforme, tirant un cheval derrière eux. Le plus âgé, un officier grisonnant à l'allure fière, portait une jeune fille en croupe, une provinciale endimanchée à l'air de chien battu...

– Monsieur a rendez-vous ? s'étonna-t-il auprès du capitaine. Je crains qu'il n'y ait une erreur. Mon maître est absent et madame ne reçoit pas.

« Monsieur » fit peu de cas du mépris du valet. Il répondit fièrement :

– Faites dire à votre maîtresse que le marquis d'Angemont, son beau-frère, demande à la voir.

Le domestique frémit à peine de sa bévue.

– Que monsieur le marquis m'excuse... Je cours prévenir madame.

Et il s'éclipsa à reculons en leur montrant enfin, avec le respect qui leur était dû, le sommet de sa perruque de crin blanc.

Une heure plus tard, le père et la fille étaient assis dans un salon aux murs couverts de papier peint fleuri et aux meubles de bois précieux.

Mme de Croisselle les accueillit avec grâce. Tout comme sa sœur, Marie était une femme d'aspect fragile et, tout comme pour sa sœur, il ne fallait nullement se fier à son apparence. Elle menait son monde de main de maître, et en premier lieu sa fille.

Blonde aux yeux noirs, Aimée portait une de ces robes « à l'anglaise » que les gazettes disaient être le summum du bon goût. Ses cheveux, crêpés en hauteur, étaient surmontés d'une coiffe de dentelle garnie de rubans des plus seyantes.

La demoiselle était fort jolie, élégante à souhait, mais... muette. Roselys ne savait si son attitude résultait d'une trop grande timidité ou de l'éducation rigide qu'on lui avait inculquée au couvent. À moins, tout simplement, que sa cousine ne s'ennuyât en leur présence.

Si les dames de Croisselle trouvaient leur invitée mal fagotée, elles eurent la courtoisie de n'en rien laisser paraître. Cependant, leur hôtesse se risqua :

— Mon cher beau-frère, je m'occuperai de votre fille avec joie. Dès demain nous irons la vêtir correctement... Non point qu'elle ne le soit pas, se rattrapa-t-elle, mais il est fort mal vu, à Paris, de ne pas suivre la mode.

Le café fut servi. Roselys s'appliqua à le déguster à petites gorgées, du bout des lèvres, le dos droit, ainsi que sa mère le lui avait appris. Elle sentait sur elle le regard de sa tante, la jaugeant, la jugeant... Ah çà ! elle ne la prendrait pas en défaut à boire avec gloutonnerie, ou à tenir sa tasse à deux mains ! Un coup d'œil à son père lui confirma combien il appréciait sa distinction.

— Bien, fit Mme de Croisselle en se levant, à peine le café avalé. Laissez-nous, mesdemoiselles, M. d'Angemont et moi devons parler. Ma fille, pourriez-vous aider notre invitée à s'installer ?

Aimée s'inclina dans une révérence que Roselys s'empressa d'imiter, et elles sortirent sans un mot. Ce silence, d'ailleurs, la préoccupait. À coup sûr, Aimée ne l'appréciait guère et voyait en elle une intruse. Une fois les portes refermées, Roselys lui lança de l'air le plus jovial qu'elle put :

— Ne vous inquiétez pas de moi, je me débrouillerai. Je cours chercher mes bagages et...

— Les serviteurs s'en chargeront, l'arrêta Aimée. Mère a dit que je devais...

— Vous obéissez donc toujours à votre mère ?

Roselys aperçut une légère rougeur sur les joues de sa cousine. Un signe de vie, enfin ! Elle commençait à craindre d'avoir affaire à une statue de cire.

— Bien sûr que j'obéis, répondit la jeune fille dont la phrase se termina dans un soupir. Pas vous ?

— En fait, il m'arrive souvent d'agir comme bon me semble.

Était-ce un début de sourire sur le visage d'Aimée ? Roselys en fut heureuse.

– Je vais demander à l'ordonnance de mon père de monter mes affaires. Cela ne prendra qu'une minute. Où est ma chambre ?

– Au second, face à l'escalier... Non, vous dis-je, mère a ordonné...

Mais Roselys avait déjà disparu ! Elle ne souhaitait pas que les serviteurs touchent à ses bagages. Son épée dépassait d'un bon pied d'un des sacs. Quant à ses habits d'homme, ils étaient rangés sur le dessus d'un autre. Qu'une soubrette un peu bavarde s'en étonne, et son père et elle se trouveraient dans un embarras sans nom !

Gaétan se chargea de bonne grâce de ses effets. Une fois l'ordonnance redescendue, Roselys admira son nouveau domaine. Le lit était pourvu de rideaux de velours bleu. Un petit secrétaire avait été placé près de la fenêtre, ainsi qu'un joli fauteuil et une table de toilette.

L'endroit était parfaitement accueillant, Roselys s'y sentait déjà à l'aise ! Une porte menait à une garde-robe pourvue d'une chaise percée, d'un baquet servant de baignoire et d'une armoire.

La jeune fille se hâta de grimper sur une chaise pour poser arme et vêtements masculins au-dessus. Elle cacha le tout sous ses sacs vides. Voilà, son secret était bien gardé !

— Êtes-vous là ? demanda sa cousine depuis la porte de la chambre.

Roselys se dépêcha de regagner la pièce. Pour donner le change, elle prit toutes ses affaires en tas.

— Mes vêtements, annonça-t-elle. Je commençais à les ranger.

Un livre tomba à terre, suivi d'une chaussure... Aimée se pencha pour les ramasser.

— *Candide* de Voltaire ? L'avez-vous lu ?

Roselys vit une lueur d'intérêt dans son regard.

— Oui. J'ai le goût de la lecture.

— Nous l'avons en commun. Je pensais que, dans vos campagnes, vous ne...

Puis elle blêmit, consciente d'avoir commis une maladresse. Elle reprit, mal à l'aise :

— On m'avait laissé entendre que vous étiez une sorte de sauvageonne...

Roselys jeta ses affaires en vrac sur la courtepointe avant de rire :

— En ai-je l'air ?

Sa cousine, raide, mains jointes pareille à une écolière, n'osait répondre. Elle finit par s'excuser :

— Je ne suis guère habile avec les mots. Il m'arrive souvent de dire des sottises, sans penser à mal. Ma mère, se risqua-t-elle, parle de sa sœur Joséphine comme d'une personne... fantasque qui éduque ses cinq filles... dans la plus grande négligence...

– C'était donc cela ? Vous croyiez recevoir une paysanne illettrée ? Ne craignez rien. Je suis sans doute mal habillée, mais, pour le reste, je peux en remontrer à n'importe qui.

Elle sauta sans façon au beau milieu du lit et s'installa en tailleur, ce qui fit écarquiller les yeux de sa cousine. Puis elle énuméra en comptant sur ses doigts :

– En plus d'une solide instruction, je monte très bien à cheval. Je tâte aussi de l'escrime, de la natation, de l'escalade...

– Assez ! s'écria Aimée en riant enfin. Je ne connais rien à tout cela !

Roselys haussa les épaules.

– Et après ! Venez vous asseoir et faisons connaissance. Voyez, je ne suis pas un monstre.

Elle tapa de la main sur le matelas à côté d'elle, mais Aimée se mordit les lèvres avant de regarder la porte. Avait-elle peur qu'on la surprenne dans une position si décontractée ?

– Rien ne déplaît plus à ma mère que le laisser-aller, avoua-t-elle. Et pour elle, le moindre geste spontané en fait partie.

– Me voilà prévenue. Je promets de me tenir correctement devant vos parents. En revanche, ne m'en veuillez pas si je prends quelques libertés dès que nous serons seules.

Une étincelle de gaieté inattendue brilla dans les yeux d'Aimée.

– Au diable les convenances, s'écria-t-elle tout à coup. Mais si ma mère l'apprend, je serai punie !

Et elle sauta sur le lit. Sa robe froufrouta, ses jupons gonflés lui remontèrent sous le menton. Elle les écrasa de la main en pouffant comme une enfant qui fait une farce. Roselys fut émue de tant de puérilité. À n'en plus douter, sa cousine était une jeune fille timide et renfermée, qui ne devait pas souvent s'amuser.

– Punie ? grimaça-t-elle.

– Ah çà ! lança Aimée en plaisantant à demi, il y a des jours où je regrette le bon temps du couvent. Il me tarde même que mes parents me fiancent. Je suis sûre que mon époux sera moins strict que ma mère.

– On va donc te marier ? s'étonna Roselys en passant à un tutoiement moins pesant.

– J'ai seize ans. Mes amies de pension le sont déjà. Tu n'en rêves pas, toi ?

– Pourquoi ? Moi... j'aimerais vivre libre, comme un homme.

Aimée, horrifiée, se mit à crier avant de rire.

– Tu te moques ! Les filles sont destinées à se marier et à enfanter.

Roselys ne répondit pas. Inutile de choquer sa cousine. Quelle n'aurait pas été sa surprise, si elle avait appris que son invitée s'était battue en duel, pas plus tard que la veille ! Elle se contenta de demander :

— Tes parents ont-ils déjà choisi ton promis ?

Sa cousine esquissa une moue inquiète.

— Mon père préférerait attendre. Tu adoreras mon père, c'est un homme bon et sage. Mais, ma mère rêve de me voir établie. Notre famille a subi de gros revers de fortune, et il nous faut redorer notre blason par une alliance prometteuse.

Les dents de Roselys grincèrent ! Dieu que ces mots étaient crus et froids !

— C'est ce qu'affirme mère, poursuivit Aimée avec naïveté. Elle a des vues sur un gentilhomme. Un excellent parti, plein d'avenir...

— Bonté divine, voilà qui fait rêver !

Aimée perçut la pointe de sarcasme. Elle ajouta, morose à souhait :

— Qui parle de rêver ? Il s'agit de mariage, pas d'amour... La vérité, reconnut-elle, c'est que je suis morte de peur. L'idée de confier ma vie à un inconnu... Songer qu'un simple « oui » peut me rendre malheureuse pour toujours...

Elle se laissa tomber dans les oreillers et ferma ses yeux anxieux. Puis elle se redressa sur un coude pour confier à Roselys d'une petite voix :

— Je suis si contente que tu sois là.

6

Ah! Paris! Paris et ses rues encombrées, grouillantes et malodorantes! Les carrosses y roulaient à tombeau ouvert, les commerçants étalaient leurs éventaires jusqu'au milieu de la chaussée. Les mendiants apitoyaient les passants par des cris et des pleurs, les vendeurs ambulants braillaient à qui mieux mieux. «Fromage de Chaillot», «pain de Gonesse», «à vot'bon cœur!», «lait frais!»... Roselys était stupéfaite de la puanteur et de la cacophonie.

Tenant ses jupes à deux mains, elle précédait Aimée et sa tante, et regardait avec attention où elle posait les pieds afin de ne pas tacher de «boue» – d'ordures en décomposition –, ses vêtements et ses chaussures.

Si Roselys se sentait à l'aise avec sa cousine et son oncle, il n'en était pas de même avec sa tante.

Acariâtre et inquisitrice, elle ne lui épargnait rien. La jeune fille devait sans cesse se tenir sur ses gardes, afin de ne pas être prise en défaut à rire ou à se détendre. Autant dire que le temps passé en sa compagnie comptait double !

Et être vêtue en femme... Bonté divine ! Roselys aurait préféré mille fois ferrailler contre Gaétan jusqu'à en tomber de fatigue ! Elle se sentait des fourmis dans les jambes de devoir supporter tout le jour robe, corset et talons. Ah, si seulement elle n'avait pas fait cette promesse stupide à son père ! Avec quel plaisir elle aurait jeté ces falbalas par-dessus les moulins, et enfourché Palmyre pour un bon galop !

Pauvre Palmyre ! Il était remisé aux écuries, où M. d'Angemont l'avait laissé, voilà cinq jours, après qu'elle l'en eut supplié. Elle descendait chaque soir pour le cajoler. Mathieu, le palefrenier, avait promis le secret, tout comme Nicole, la femme de chambre, qui fournissait à Roselys quignons de pain et pommes pour gâter son cheval.

– Tudieu ! enragea-t-elle.

Elle venait de déraper dans... Non, elle préférait ne pas savoir.

– Ma nièce ! la réprimanda aussitôt la tante Marie. Ne jurez pas ! Et tenez le haut du pavé, vous allez crotter vos jupons. Quant à vous, Aimée, gardez le buste droit et le menton haut. Une demoiselle se doit de montrer un maintien digne, même dans les pires situations.

— Le cocher nous a laissées bien loin de la boutique de Mlle Bertin, se plaignit Aimée. Voyez tous ces riches équipages qui bloquent la rue Saint-Honoré !

Depuis le départ du capitaine, elles couraient les faiseuses de mode dans la capitale. Pour Roselys, ces sorties se révélaient des plus ennuyeuses. Cependant, à peine entrée au *Grand Mogol*, le temple du luxe et du bon goût parisien, elle retint son souffle. Chapeaux à plumes, dentelles parfumées, éventails et colifichets décoraient les étagères et les comptoirs de bois cirés.

La clientèle poussait des cris ravis devant les nouveautés. Malgré les tarifs exorbitants, les dames de la haute société exigeaient toutes d'être habillées par la couturière de la reine. Rose Bertin possédait une imagination sans borne pour marier les étoffes, et maîtrisait l'art de faire paraître belles les pires laiderons. Marie-Antoinette ne l'avait-elle pas surnommée son « ministre des Modes » ?

Bien sûr, la famille de Croisselle n'était pas assez importante pour que la célèbre créatrice s'occupât d'elle en personne. Aussi une vendeuse entraîna-t-elle Roselys dans un cabinet privé afin de prendre ses mesures. Une autre lui proposa des gravures représentant des modèles, ainsi que des échantillons de tissus. Mais Marie de Croisselle ordonna, sans même consulter sa nièce :

— Une robe à l'anglaise en taffetas rayé bleu fera très bien l'affaire. Inutile d'y ajouter des rubans.

— Madame a raison, approuva la vendeuse. Mademoiselle n'a nul besoin de colifichets pour paraître à son avantage. Cette tenue toute simple mettra en valeur sa silhouette parfaite.

Roselys observa Marie de Croisselle. Un début de grimace tordait sa bouche. À n'en pas douter, elle souhaitait l'habiller convenablement, sans toutefois se ruiner, ni l'embellir plus que nécessaire. N'était-ce pas le lot de toutes les parentes pauvres ? La jeune fille baissa le nez.

— Merci beaucoup, ma tante.

— Allons ! se prit à rire sa bienfaitrice. Ce n'est pas grand-chose. Avec vos quatre autres robes neuves, vous voilà parée jusqu'à Noël.

Elles étaient sur le point de franchir le seuil de la boutique lorsque Mme de Croisselle, qui ne manquait pas une occasion de saluer les prestigieuses clientes de Mlle Bertin, en croisa une digne d'intérêt.

— Madame de Noailles ! l'interpella-t-elle.

Tandis que les deux femmes et Aimée discutaient, Roselys sortit pour patienter devant la porte.

Mme de Noailles n'était autre que l'ancienne dame d'honneur de la reine. Elle avait été chargée, à l'arrivée en France de Marie-Antoinette, voilà dix ans, de l'instruire sur ce qu'une princesse française devait ou ne devait pas faire. Elle se montra si rigide, que la jeune Dauphine de quatorze ans la surnomma « Madame l'Étiquette ». Une fois montée sur le trône, Marie-Antoinette l'évinça aussitôt.

– Versailles est bien désert, raconta Mme de Noailles. La moitié des hommes guerroient en Amérique, et les femmes ne viennent plus à la Cour. On s'y ennuie tant ! La reine préfère se retirer à Trianon avec ses favoris. Elle y dort même sans le roi ! « Ah çà, je lui ai dit, on n'a jamais vu une reine coucher sous un autre toit que celui du souverain. » Imaginez les commérages... Eh bien, ajouta-t-elle, elle et sa Polignac m'ont ri au nez !

– Comment va Sa Majesté ?

– Toujours aussi tête en l'air, ricana la comtesse. Quand elle ne se ruine pas en toilettes, elle le fait au jeu. En ce moment, elle aménage sa campagne de Trianon. Cela coûte une fortune...

Roselys, qui attendait patiemment la fin des jérémiades en regardant les passants, sursauta.

– Morbleu, jura-t-elle entre ses dents.

Avait-elle la berlue ? Là, cet homme à cheval... C'était le spadassin au visage en lame de couteau du bourg d'Antony ! Dans son dos, Mme de Noailles poursuivait, l'air offusqué :

– Elle veut jouer au théâtre...

– Non ! s'indigna Mme de Croisselle.

– Je vous le jure ! La reine, sur les planches !
Comme une fille des rues ! Quel scandale ! Et le roi
a donné son accord... Il ne lui refuse rien.

– Pétard de moine ! s'étonna tout bas Roselys.
Voilà la rouquine... Je comprends mieux.

La compagne du bellâtre de l'auberge sortait du
Grand Mogol, suivie d'une servante qui portait un
carton à chapeau. Roselys, pendant un instant, se
demanda si elle devait intervenir... Pourquoi pas ?
Après avoir jeté un regard à sa tante et à sa cousine,
elle interpella la jeune femme :

– Madame !

Puis elle s'approcha pour lui souffler :

– L'homme à cheval, aux cheveux gris... Prenez
garde, il vous suit.

Elle vit une lueur de pure frayeur dans ses yeux,
qui s'effaça presque aussitôt. Puis la rouquine la fixa
avec autant de surprise que d'attention, avant de lui
lancer avec un délicieux petit rire qui ne les trompa,
ni l'une ni l'autre :

– Êtes-vous folle ? Pourquoi me suivrait-on ?

Malheureusement, leur conversation en resta là.
La tante Marie la rejoignait sur les pavés glissants,
tanguant sur ses talons et levant ses jupes à la hauteur que tolérait la bienséance.

– Ma nièce ! Qu'est-ce donc ?

Il n'en fallut pas plus pour que la rouquine s'enfuie. Elle grimpa avec la servante dans son fiacre qui l'attendait, et donna l'ordre de partir.

– Connaissez-vous cette dame ? s'enquit Marie de Croisselle.

– Je le pensais, mentit Roselys. Elle ressemble à s'y méprendre à une cousine de mon père... qui est ursuline au couvent de Chartres...

– Allons, ma nièce ! Comment une religieuse pourrait-elle se vêtir chez Mlle Bertin ? Réfléchissez un peu, que diable ! Et n'importunez pas les passants, je vous prie. Vous n'êtes plus dans votre campagne !

Roselys avait envie de rire. Elle se mordit les lèvres, puis lui répondit sagement :

– Vous avez mille fois raison, ma tante.

Et du coin de l'œil, elle observa le spadassin qui mettait son cheval au petit trot, pour emboîter le pas au fiacre...

7

— Oh, mon Dieu ! Oh, mon Dieu !
La femme qui criait n'était autre que la tante Marie, celle qui ne supportait aucun laisser-aller. On l'entendait de si loin que Roselys et Aimée se précipitèrent au salon. En fait, Mme de Croisselle ne se contentait pas de parler fort, elle courait aussi en tous sens, comme atteinte de la danse de Saint-Guy.

— Ma fille ! Quel honneur !

Elle serrait contre son cœur une lettre. Elle embrassa tout à coup le papier avec effusion, et reprit, des sanglots dans la voix :

— Ah ça ! j'ai eu raison de vous envoyer à Panthémont ! Votre père trouvait ce couvent bien trop cher, mais-j'ai-eu-rai-son, martela-t-elle. Vous vous y êtes fait d'excellentes relations. Savez-vous qui nous écrit ?

Et sans attendre, elle poursuivit :

– La comtesse de Polignac, l'amie intime de la reine... Savez-vous ce qu'elle demande ?

Une fois de plus, elle se passa de réponse et continua d'un ton plein d'excitation :

– Que vous vous rendiez à la Cour ! Il y aurait un emploi pour vous auprès de la reine !

Et Mme de Croisselle se mit à sauter autour du salon ! Les deux jeunes filles se regardèrent avec incrédulité. Depuis quinze jours que Roselys résidait à Paris, elle n'avait encore jamais vu sa tante se départir de son air digne.

– Auprès de la reine ? répéta Aimée.

Elle se tenait raide, mains croisées. Visiblement, la nouvelle ne l'enchantait guère.

La tante Marie expliqua entre deux rires :

– Vous souvenez-vous de votre amie de couvent, Louise d'Esparbès ? Elle vient d'épouser M. de Polastron, le jeune frère de la comtesse de Polignac.

– Louise me l'a écrit, en effet. Mais, de quelle utilité serais-je à la reine ?

– Sa Majesté souhaite jouer au théâtre. Elle cherche une demoiselle pour l'aider à répéter ses rôles. Votre amie Louise a pensé à vous... Quel honneur !

Roselys vit sa cousine pâlir.

– Je... Je n'en serai jamais... capable..., ânonna-t-elle, le visage décomposé.

La tante Marie s'approcha, sourcils froncés. Elle avait perdu sa bonne humeur.

– Bien sûr que vous en serez capable ! répliqua-t-elle sèchement. Il ne peut en être autrement. Vous vous forcerez, pour notre famille, continua-t-elle en se dirigeant vers la porte. Ne voyez-vous pas la chance qui nous est offerte ? En manœuvrant, nous pourrions, nous aussi, profiter des faveurs royales. Je vais m'empresser d'écrire à Mme de Polignac, pour lui exprimer toute notre reconnaissance.

Pour elle, l'affaire était close. Elle sortit à grands pas, tandis qu'Aimée s'affalait sur un fauteuil.

– Louise est ma meilleure amie. Elle a quinze ans. Elle est comme moi, d'un caractère plutôt effacé et timide. Mme de Polignac l'a remarquée en venant visiter au couvent sa fille, Aglaé, qui y était également pensionnaire.

Aimée, encore assommée par cette nouvelle, prit une grande inspiration.

– Louise est une riche héritière. La comtesse lui a fait épouser son jeune frère. La voilà à la Cour, auprès de la reine… Seigneur ! La reine ! Te rends-tu compte ? Jamais je n'aurais le courage de lui adresser la parole !

Roselys sourit. Pour elle, il n'y avait pas de quoi en faire un drame. Mais Aimée poursuivait avec angoisse :

— Si je ne suis pas à la hauteur, ma mère me tuera !

— Ne t'inquiète pas, la rassura Roselys, j'irai avec toi, si cela peut te rassurer.

À présent, Aimée pleurait. Roselys soupira, entre gêne et agacement. Dieu que sa cousine manquait de confiance en elle ! Elle l'attrapa par le coude et l'obligea à se lever. Puis elle lui glissa gentiment :

— Allons voir tes fleurs.

Une serre de verre était aménagée au fond du jardin. C'était là le domaine réservé d'Aimée, le seul endroit où elle se sentait heureuse et libre.

À peine entrée, elle alla scruter de simples pousses plantées dans des pots, avec le regard concentré d'un médecin penché sur ses malades. Roselys esquissa une moue victorieuse : comme prévu, sa cousine retrouvait son calme.

— Des bourgeons ! s'écria Aimée. Dans quinze jours, mes roses fleuriront... et c'est moi qui les ai créées !

Qui eût cru que l'élégante Mlle de Croisselle ne se sentait vraiment elle-même que les doigts dans la terre ? Roselys avait été très étonnée lorsque sa cousine lui avait confié sa passion, bien innocente, pour la botanique.

— Quelle couleur possédera ta nouvelle variété ? s'enquit-elle.

– À ma dernière tentative, le pied donnait des fleurs roses, avec le bord des pétales d'un ton plus soutenu.

– Et comment se nomme-t-elle ?

Aimée la regarda en se mordant les lèvres.

– Peut-être me trouveras-tu présomptueuse, mais j'aimerais l'appeler « Marie-Antoinette », en l'honneur de notre souveraine.

Roselys sourit de plus belle :

– Lorsque tu iras à Versailles, tu n'auras qu'à lui offrir ton rosier. Elle en sera sûrement ravie.

8

Dès le lendemain, la tante Marie les emmena dévaliser le *Grand Mogol*. L'oncle Lambert protesta devant le montant de la facture, mais il paya rubis sur l'ongle deux grands habits « à la française » et leurs paniers, pour son épouse et sa fille, et une polonaise[1] à la jupe de dessus retroussée, plus simple, pour Roselys. Cela lui convenait parfaitement, car elle supportait mal de porter des paniers, ces cages d'osier attachées à la taille qui permettaient de gonfler les jupes.

Puis, le matin du grand jour, on fit venir Lanseneur, l'un des coiffeurs les plus réputés de Paris. L'homme de l'art se présenta, les ciseaux et le peigne

---

1. Robe dont la jupe de dessus est relevée à l'arrière et sur les côtés, en trois pans arrondis, qui laissent apparaître la jupe de dessous. Des cordons coulissants permettaient de relever ou d'abaisser ces pans à volonté.

à la main, accompagné de trois assistants traînant une malle emplie d'ustensiles.

— Je veux des poufs ! lui déclara la tante Marie.

Roselys fronça les sourcils avec inquiétude. Sa sœur Marguerite possédait une gravure représentant une élégante assise à sa toilette. Derrière elle, un coiffeur grimpé sur un escabeau posait sur sa coiffure ridiculement élevée une maquette de navire... Cela s'appelait le « pouf à la frégate ».

— La reine nous accorde une audience cet après-midi, se rengorgea Mme de Croisselle.

Fébrile, elle s'installa à côté d'Aimée et laissa les assistants protéger leurs robes par de grands draps. Mais Roselys refusa net :

— Un pouf ? Je n'ai nul besoin de... cette œuvre d'art. Quelque chose de plus sobre me suffira.

Puis, elle retint son souffle, craignant d'essuyer une tempête de reproches. Il n'en fut rien. À son étonnement, sa tante approuva :

— Vous avez raison, ma nièce. Avec la polonaise que je vous ai choisie, il ne faut pas surcharger votre coiffure. Un crêpage vous siéra mieux. Faites-vous donc apprêter dans votre chambre.

Tandis qu'elle sortait avec l'un des assistants, Roselys entendit Aimée reprocher à sa mère :

— Mais... ma cousine aura l'air d'une bourgeoise à côté de nous !

La tante Marie lâcha un rire aussi ravi que suspect, avant de répondre :

— Ne voyez-vous pas comme elle est jolie avec trois fois rien ? Si nous la parons davantage, elle va vous éclipser, malgré sa dot insignifiante.

Roselys, qui avait l'ouïe fine, se sentit rougir, tant les mots étaient méchants.

Elle revint une heure plus tard, le visage joliment encadré de cheveux mousseux à souhait et de boucles poudrées tombant sur son décolleté. Les deux dames de Croisselle, quant à elles, étaient loin d'en avoir fini !

Une heure de supplice supplémentaire fut nécessaire pour crêper la chevelure d'Aimée, l'enduire de crème, avant de la fixer sur le haut de son crâne par-dessus un coussin empli de crin. Cela lui fit un chignon haut d'un pied et demi, auquel on ajouta encore de gros rouleaux postiches. Comme si cela ne suffisait pas, elle dut subir le poudrage à la farine de l'édifice, un cornet de papier protégeant son visage.

— Quels sont vos centres d'intérêt ? s'enquit ensuite l'homme de l'art.

Aimée ne sut que répondre... La botanique ? Les livres ? Le grand Lanseneur, les mains en l'air, les doigts gesticulants, expliqua alors avec le sérieux d'un sculpteur devant un bloc d'argile vierge :

– Je vais vous créer un «pouf au sentiment». Sur le dessus de votre coiffure, dans les dentelles, je mêlerai intimement tout ce qui vous tient à cœur... Des fleurs, des fruits, un bateau, un portrait miniature de votre fiancé... que sais-je! La dernière mode est d'y cacher des serpents factices... Hélas! Plusieurs dames ont manqué tomber en syncope...

– Point de serpents! s'écria Aimée.

– Pour ma fille, ordonna sa mère, vous mettrez des fleurs et des oiseaux. La reine adore la nature. Quant à moi, je me contenterai de plumes.

Aimée se recroquevilla sur sa chaise, inquiète, tandis que les hommes tourbillonnaient autour d'elle pour lui fabriquer un nid avec des oisillons entourés de verdure...

– Je suis rompue! geignit la tante Marie en descendant du carrosse. Roselys, demanda-t-elle, arrangez le pouf d'Aimée, il va tomber.

Après une heure et demie de route, ils arrivaient devant les grilles du Petit Trianon, dont les gardes suisses en uniforme interdisaient l'entrée aux promeneurs.

Roselys se dépêcha de piquer au mieux les oiseaux sur le haut chignon d'Aimée, et d'arranger ses boucles.

La mère et la fille avaient voyagé la tête de travers, car leurs hautes coiffures touchaient le plafond de la voiture. Une partie des plumes maternelles étaient fâcheusement aplaties et quelques oiseaux d'Aimée avaient quitté leur nid.

Les paniers de leurs robes étaient si larges qu'elles pouvaient y poser leurs avant-bras. Ils prenaient tant de place que M. de Croisselle et Roselys durent s'installer sur les strapontins fixés aux portières, afin de leur permettre d'étaler leurs encombrantes jupes.

– Était-il vraiment indispensable de vous vêtir ainsi ? demanda Lambert de Croisselle. Nous n'allons ni au bal ni au spectacle.

Roselys aimait bien son oncle, un homme calme qui ne parlait qu'à bon escient. Aimable, cultivé et attentionné, il ne possédait que des qualités. La principale, et de loin, était de supporter l'odieux caractère de sa femme.

Il s'appuya sur sa canne et tenta de dégourdir sa jambe droite qu'il avait un peu raide. Il boitait, ce qui lui occasionnait de grandes douleurs.

– Naturellement que c'est nécessaire, se rebiffa la tante Marie. Les courtisans doivent revêtir le grand habit à la française pour les audiences. Je connais l'étiquette, tout de même. Voulez-vous que votre fille soit mise à l'index dès sa présentation ?

Les deux cousines se lancèrent un regard, l'une étonnée, l'autre contrite. Si la première ignorait ce détail, la seconde subissait, impuissante, le traquenard organisé par sa mère.

— Vous exagérez! répliqua l'oncle Lambert. Il s'agit d'une entrevue informelle...

— Nous devons faire bonne impression! Prenons exemple sur les Polignac. Il y a cinq ans, ils n'étaient que des campagnards sans le sou. Aujourd'hui, ils reçoivent cinq cent mille livres de rente. La reine ne peut plus se passer d'eux. Le roi a donné à leur fille une dot de huit cent mille livres pour épouser M. de Guiche, que l'on a fait duc et capitaine des gardes pour l'occasion... Huit cent mille livres! Une somme digne d'une princesse du sang! Si Aimée sait mener sa barque, elle pourrait en décrocher tout autant.

— Mère, souffla l'intéressée avec gêne, les soldats nous regardent.

Et il n'y avait pas que les gardes suisses... Depuis l'antichambre du château, Marie-Antoinette, qui s'apprêtait à sortir pour sa promenade, les observait depuis une fenêtre.

— Ciel! fit-elle en riant, venez voir...

Elle parlait d'une voix ravissante, avec une pointe infime d'accent allemand qui lui donnait un incroyable charme.

Son amie, Mme de Polignac, quitta comme à regret la glace devant laquelle elle arrangeait son grand chapeau orné de fleurs, alors que sa fille Aglaé et sa jeune belle-sœur Louise se précipitaient.

Aglaé, à douze ans, en paraissait seize. Elle avait hérité de sa mère sa beauté presque irréelle : cheveux d'ébène, petit nez, yeux noisette ombrés de longs cils noirs...

Louise venait en contrepoint. Blonde cendrée, elle possédait des traits d'une exquise finesse et la peau diaphane. Marie-Antoinette la surnommait « Bichette », à cause de ses douces prunelles pervenche. Quant à Aglaé, devenue duchesse de Guiche par son récent mariage, elle avait gagné le gentil sobriquet de « Guichette ».

— Comme ces deux femmes sont ridicules, ajouta la reine en montrant les visiteurs. A-t-on idée de porter des robes à paniers par ce bel après-midi !

— Grotesque, approuva la comtesse de Polignac. Vous deviez donc donner une audience ?

— Non. D'ailleurs, je ne les recevrai pas.

Mais, à cent pas, de l'autre côté de la cour et des grilles, les Croisselle attendaient. Le concierge, M. Bonnefoy du Plan[1], s'approcha d'eux. Il allait

---

1. Pierre-Charles Bonnefoy du Plan (1732-1824). Il avait l'entière confiance de la reine. Il était également son garde-meuble. En tant que concierge, il gérait le personnel, l'approvisionnement du château, servait de trésorier et avait les gardes suisses sous ses ordres.

certainement les éconduire, comme il en avait l'ordre pour tout quémandeur indésirable.

– N'est-ce pas Aimée de Croisselle ? s'étonna tout à coup Aglaé.

– On le dirait, fit Louise. Bonté divine !

Une grimace lui échappa lorsqu'elle comprit dans quelle situation se trouvait son amie : affublée en grand apparat alors que la reine avait revêtu une robe légère, ses cheveux remontés en simple chignon accommodé de quelques boucles... Il en était de même pour toutes les dames présentes à Trianon. La tenue de campagne y était de rigueur.

– La pauvre ! souffla Louise.

– Je crois me souvenir que sa mère est un vrai dragon, railla Aglaé. C'est sans doute elle qui l'a déguisée ainsi.

– Aimée de Croisselle ? s'étonna Marie-Antoinette. N'est-ce pas cette demoiselle que vous m'aviez recommandée pour répéter mes rôles ?

– Oui, Madame, répondit Louise. Elle devait nous rejoindre, afin de vous être présentée. Mais j'ignorais que ses parents la chaperonneraient...

Yolande de Polignac lança dans un rire cristallin :

– Quel culot ! J'ai écrit à sa mère afin d'obtenir son accord, sans imaginer qu'elle prendrait l'invitation pour sa famille ! Vous n'avez nul besoin de leur présence ici.

— Ni de personne d'autre, approuva Marie-Antoinette. Hormis de vous, mes chers cœurs. La Cour et les courtisans, c'est bon pour Versailles...

— Et pour Sa Majesté, le roi, renchérit la belle Yolande en riant derrière ses doigts. Vous, Madame, vous êtes bien trop jeune pour vous enterrer dans cet austère mausolée avec votre époux !

— Vous me comprenez si bien.

Un soupir souleva sa poitrine. Elle sembla réfléchir et ordonna à regret à un valet :

— Faites dire à M. Bonnefoy que je recevrai ces gens. Saluons-les, au moins, avant de nous promener, ajouta-t-elle pour son amie. Sans quoi les mauvaises langues vont encore prétendre que je ne fais pas mon devoir.

9

La famille se dépêcha de traverser la cour pavée, M. de Croisselle boitillant et les dames relevant leurs jupes. La tante Marie en lâchait des cris d'excitation ! On racontait tant de choses sur le luxe de Trianon et sur ses incroyables fêtes privées !

Elle allait voir de ses propres yeux les travaux que la reine avait ordonnés pour transformer ce petit château, dont le roi lui avait fait cadeau. N'y avait-on pas creusé des rivières, créé des îles avec des temples, et semé des prairies à perte de vue ?

La nouvelle décoration avait, paraît-il, coûté une vraie fortune. Certains affirmaient même que les murs étaient incrustés de pierres précieuses !

La souveraine n'y venait qu'entourée de privilégiés. Même ses dames d'honneur[1] ne pouvaient y

---

1. Dames de la noblesse qui accompagnaient la reine dans ses activités, tout au long de la journée. Elles étaient douze et servaient à tour de rôle par groupes de quatre durant une semaine.

entrer. Autant dire que ces manquements à l'étiquette agaçaient fort la Cour, et attisaient jalousies et commérages !

À peine arrivée dans l'antichambre, Roselys retint son souffle. La reine se tenait devant eux, dans toute la grâce de ses vingt-quatre ans. Avant de plonger dans sa révérence, la jeune fille ne put s'empêcher de la détailler. Elle était de haute taille, le port altier. Blonde aux yeux bleus, le nez fort et le menton un peu lourd, elle possédait un teint très blanc. Sans être vraiment belle, Marie-Antoinette était le genre de femme qui attirait naturellement tous les regards. Et son parfum ! Délicieux...

De son côté, Mme de Croisselle lâcha un hoquet.

— Dieu du ciel ! l'entendirent-ils gémir.

La reine était vêtue « en gaulle ». Elle portait une robe de simple mousseline blanche ornée d'une ceinture de satin vert, une robe d'été de campagnarde, presque une chemise de nuit ! Et ses compagnes étaient mises de même. On était bien loin de la tenue de Cour que prescrivait l'étiquette !

La pauvre femme s'empourpra, mortifiée par le ridicule de la situation. Ce fut pire lorsque son pouf, secoué par la révérence, manqua dégringoler.

— Relevez-vous, je vous prie, fit Marie-Antoinette de sa voix mélodieuse. J'interdis toute solennité à Trianon.

Par chance, elle ne leur adressa aucun commentaire sur leurs robes et leurs coiffures. Elle s'approcha d'Aimée pour lui glisser :

– On m'a dit le plus grand bien de vous, mademoiselle. Je vois que vos parents vous accompagnent. Madame, monsieur, soyez rassurés, je prendrai soin de votre fille. Demandez à mes petites Bichette et Guichette, elles sont heureuses avec moi.

Un gargouillis inaudible franchit les lèvres de Mme de Croisselle, proche de la pâmoison. De son côté, Aimée se sentait si honteuse, avec son rosier dans les mains et son nid d'oisillons au sommet du crâne, qu'elle serait partie en courant si Roselys ne lui avait pas pressé le coude pour la rassurer.

Par chance, M. de Croisselle sauva la situation.

– Que Votre Majesté excuse notre intrusion. Nous nous sommes arrêtés à Trianon pour y laisser notre fille, mais nous n'avons pu résister à l'honneur de vous saluer. En fait, mon épouse et moi sommes attendus chez un parent qui se marie, d'où notre tenue quelque peu déplacée dans votre si jolie campagne. À présent, avec votre autorisation, nous allons prendre congé.

Il s'inclina, avant de saisir fermement sa femme par le bras pour reculer vers la porte. Mais la tante Marie, qui tentait vainement de cacher son humiliation, se mit à enchaîner les courbettes, son pouf tanguant dans un ballet de plumes d'autruche.

La comtesse de Polignac, le regard ironique, esquissa une moue. Elle détestait ces marques d'obséquiosité. Quant à l'explication de l'homme, elle lui semblait plus que douteuse.

— Bien sûr, approuva aimablement Marie-Antoinette, courez vite à ce mariage. Qui est donc cette délicieuse jeune fille qui vous accompagne ?

Ce fut au tour de Roselys de rougir. L'oncle Lambert cessa son repli à reculons pour la présenter :

— Notre nièce, Mlle d'Angemont.

Roselys esquissa une nouvelle révérence et Mme de Polignac, un rien moqueuse, lui demanda en montrant sa robe :

— Vous n'êtes donc pas conviée à la noce ?

À voir l'étincelle de son regard, la favorite ne croyait pas un instant à cette fable. Roselys devait donner le change, et confirmer l'excuse de son oncle. Elle s'appliqua à répondre :

— Effectivement, madame, je ne suis pas invitée. Comme je mourais d'envie de rencontrer Sa Majesté... et d'admirer son château, dont on vante les beautés, j'ai supplié M. et Mme de Croisselle de m'emmener. Ils doivent me laisser à Paris avant de... gagner l'hôtel particulier de leur parent.

— N'en faites rien, ordonna la reine. Restez avec votre cousine. Vous vous promènerez à votre guise dans les jardins. Nous vous ferons reconduire ensemble ce soir.

Roselys salua de nouveau avec un sourire un peu figé. Elle n'avait aucune envie de passer l'après-midi à Trianon et se trouvait prise à son propre piège. Pourtant, elle se dépêcha de remercier :

– Votre Majesté est trop bonne.

À peine le couple sorti, Marie-Antoinette se tourna vers Louise et Aglaé.

– Bichette, Guichette, prêtez une tenue plus confortable à Mlle de Croisselle. Cette armure n'est guère pratique pour marcher. Ah mais... qu'est-ce donc ? s'étonna-t-elle.

Son regard venait de tomber sur le rosier auquel la pauvre Aimée se cramponnait, comme une noyée à une bouée. Blême de peur, elle parvint à ânonner :

– Un... cadeau... pour... V... Votre...

– Ma cousine, intervint Roselys, sait combien Votre Majesté apprécie les roses. Aimée a créé une variété, qu'elle a baptisée « Marie-Antoinette »...

– Ainsi, vous avez donné mon nom à une fleur ? Que voilà une touchante attention ! La rose est ma fleur préférée. J'aime en voir dans tous mes parterres. Allez vous changer, mademoiselle, ajouta-t-elle. Ensuite, rejoignez-nous au jardin. Nous planterons ensemble votre rosier.

10

Une demi-heure plus tard, le visage d'Aimée avait retrouvé des couleurs. Vêtue d'une robe légère, elle avait troqué son «pouf» contre une queue de cheval attachée par un ruban. Quant à Roselys, il ne lui fallut guère de temps pour se sentir acceptée par Louise et Aglaé.

Autant Louise semblait calme et timide, autant Aglaé paraissait vive et dégourdie. D'ailleurs, la petite duchesse de douze ans ne perdait pas une occasion de rire et de s'amuser.

– Qu'est-ce que cela vous fait d'être mariée si jeune ? lui demanda Roselys.

Aglaé haussa les épaules.

– Rien ! Mon époux et moi faisons chambre à part pour le moment. Tout comme Louise et le sien. Enfin si, s'esclaffa-t-elle, me voilà libre de suivre la reine et ma mère, de faire la fête, et de ne plus retourner au couvent !

— Sa Majesté nous a demandé de rester avec elle le temps des répétitions de théâtre, expliqua Louise. Vous verrez cela tout à l'heure, Aimée, ajouta-t-elle pour son amie.

De nouveau, le visage de la jeune fille pâlit.

— Allons, la rassura Aglaé, ne vous inquiétez pas. Notre reine adore s'entourer de jeunesse, et nous traite telles des petites sœurs.

— Elle aime la simplicité, renchérit Louise. Lorsqu'elle vient à Trianon, elle rejette toute étiquette. Nous ne devons pas nous lever, ni interrompre nos conversations quand elle entre dans une pièce. Elle entend vivre en simple particulière.

Roselys en resta bouche bée. Sa mère lui avait raconté que la souveraine de France respectait un cérémonial très strict. La reine, tout comme le roi, devait vivre en public, sans un instant de solitude.

— Si Marie-Antoinette le pouvait, reprit Aglaé, elle fuirait Versailles pour toujours. Quand elle doit souper en grand couvert devant la foule, elle s'assied, n'ôte pas même ses gants et attend sans manger la fin du repas. Les courtisans s'en montrent fort mécontents, mais elle ne supporte pas d'être considérée pire qu'un animal de foire !

Sur ces mots, la petite duchesse s'élança sur la terrasse en courant, ses boucles volant au vent.

– Venez vite ! s'écria-t-elle. Nos amis sont arrivés !

Les yeux de Roselys s'agrandirent, et plus encore ceux d'Aimée, lorsqu'elles découvrirent les jardins qui s'étalaient devant elles. Dieu qu'ils étaient beaux ! Ici, pas de haies taillées, pas de parterres géométriques à l'ancienne. Les jardiniers avaient planté les bosquets à la mode anglaise, modelant la nature dans un faux air d'abandon. Buissons fleuris et vallons verdoyants se côtoyaient ; des sentiers longeaient une rivière. Sur une île, un délicat petit temple antique avait été construit.

– Dépêchez-vous, répéta Aglaé. Le comte d'Artois est arrivé. Je le vois avec MM. de Vaudreuil, Féron et Valsens...

– Qui sont ces gens ? s'inquiéta Roselys.

– Le comte d'Artois ? Il s'agit du plus jeune frère du roi, expliqua Aglaé. L'homme grand et bien fait est M. de Vaudreuil... Le tendre ami de ma mère... Pour ainsi dire mon beau-père.

Elle se mit à rire de plus belle. Le rire lui allait si bien ! Mais Roselys secoua la tête, pensant avoir mal compris. Louise expliqua de sa voix douce :

– Vous le saurez tôt ou tard. Mme de Polignac, ma belle-sœur, entretient une relation de cœur avec ce monsieur. Ce qui ne l'empêche pas d'être au mieux avec son époux.

– Tudieu, quelle largesse d'esprit ! ironisa Roselys, stupéfaite par ces mœurs si libres.

La pétillante Aglaé semblait partager ces idées.

– Faites attention, mesdemoiselles, lança-t-elle, les messieurs se montrent fort galants à Trianon. Tenez, le frère du roi me courtise et M. de Féron ne cesse de conter fleurette à Louise !

– Aglaé ! la rabroua cette dernière en s'empourprant. Vous savez bien que je ne l'y encourage pas. Mon époux me plaît beaucoup...

Elle se tut brusquement, car un grand et beau gentilhomme s'approchait d'elles. Guère plus de vingt ans, les cheveux poudrés, l'air charmeur...

– Seigneur, le frère du roi me regarde, gloussa Aglaé. Suis-je correctement coiffée ?

– Seigneur..., répéta Roselys qui n'en croyait pas ses yeux. Le malotru de l'auberge !

Après la rouquine et le spadassin, voilà qu'elle retrouvait le bellâtre !

– Le comte d'Artois est séduisant, n'est-ce pas ? minauda cette coquine d'Aglaé. C'est l'un des plus beaux hommes de la Cour.

Puis elle constata que le regard de Roselys fixait en fait un gentilhomme de la suite du prince. Elle prit un air entendu et poursuivit :

— M. de Valsens n'est pas mal non plus. Vous avez bon goût. Oh... Voilà qu'il vient nous saluer avec M. de Féron... Prenez garde à ce Féron, il s'agit d'un fermier général[1] aussi riche que grossier.

Mais Roselys ne l'écoutait plus. L'homme qu'elle avait battu en duel ! Elle pesta intérieurement de tant de malchance. Il allait à coup sûr commettre un esclandre ! Elle chercha instinctivement un endroit pour fuir. Hélas, c'était impossible. Il fallait faire face. Alors elle sourit bravement, et se redressa de toute sa taille, tandis que le frère du roi se penchait devant Aglaé pour lui baiser la main.

— Vous avez dit... Valsens ? chuchota Aimée d'une voix tremblante. Étienne de Valsens ?

— Tu as entendu parler de lui ? lui demanda tout bas Roselys.

— Il s'agit du gentilhomme que ma mère voudrait me faire épouser. Oh... Je me sens fort gênée de faire sa connaissance !

— Et moi donc ! pesta-t-elle entre ses dents.

À quelques pas, la reine et Mme de Polignac devisaient. Avec un peu de chance... Roselys attrapa le pot qu'Aimée tenait contre elle, puis elle lui saisit le bras et l'entraîna.

---

1. Aristocrate appartenant à la Ferme Générale, sous l'Ancien Régime. Ce financier percevait pour le compte du roi les impôts et les taxes dont il gardait une partie en guise de rétribution.

– Suis-moi. Sa Majesté a sans doute choisi un endroit pour planter son rosier. Voilà un bon moyen de ne pas rencontrer ce Valsens.

– Ah mais... Sa... Maj... Sa Majesté est occupée... Ce serait inconvenant de nous imposer à elle...

Aimée freina des deux pieds, mais Roselys fut la plus forte. Ouf! Du coin de l'œil, elle aperçut le bellâtre qui s'était figé, sourcils froncés, en constatant leur fuite. L'incident avait été évité. Restait à interrompre la reine sans paraître impolies. Elle n'eut pas à le faire car Marie-Antoinette interpella Aimée avec un grand sourire :

– Ah, voici notre jeune botaniste! Un jardinier creuse un trou au temple de l'Amour. Allons y installer notre plante. Après quoi nous répéterons. Venez, mesdames, ordonna-t-elle à point nommé. Laissons ces messieurs à leur promenade.

Elles s'empressèrent de la suivre...

11

Elles marchèrent à l'ombre d'un passage à treillis couvert de toile bise jusqu'à un bâtiment des plus ordinaires. Pourtant, une fois à l'intérieur...

– Tudieu ! jura Roselys à peine le vestibule franchi.

Puis elle se tut, ébahie. La petite salle était décorée en blanc, bleu et or. Marbres, velours, bois précieux, tout respirait le luxe et l'élégance. Des angelots tenaient des guirlandes de fleurs, des torchères dorées portaient des chandeliers...

Son étonnement ravit Aglaé.

– Que du faux !

– Oh ? s'étonna Roselys avec suspicion. Pourtant, tout ici semble d'une parfaite beauté...

– Que du faux, vous dis-je ! Touchez les colonnes de marbre, vous verrez qu'il s'agit de bois. Nous devons cette merveille à des peintres de trompe-l'œil. Le théâtre lui-même est un décor.

Roselys aurait bien tâté les murs, pour s'en convaincre, mais ses compagnes s'asseyaient sur une confortable banquette couverte de velours bleu. La jeune fille s'empressa de les suivre.

– Les messieurs ne sont pas invités ? demanda-t-elle, en pensant au bellâtre.

– Certes pas ! Le roi l'a interdit, afin de couper court aux commérages.

– En fait, expliqua Louise, les jeunes hommes sont exclus. Seul le comte d'Artois jouera avec nous. Des vieux, comme M. de Vaudreuil, nous serviront de chaperons…

Un « vieux », justement, âgé d'au moins cinquante ans, installait une petite table et un fer à repasser sur la scène éclairée d'une rampe de chandelles. Puis il apporta un tabouret qu'il posa en bordure des coulisses, avant de s'éclipser.

– M. Campan, le bibliothécaire de Sa Majesté, commenta Louise. Il est aussi le régisseur du théâtre.

Mais la reine entrait sur scène.

– Eh bien, s'impatienta-t-elle en scrutant la salle, où se trouve ma répétitrice ? Je l'attends !

Tous les regards convergèrent vers Aimée. Cette bécasse s'était assise avec ses amies, sans doute plus par peur que par négligence. Mortifiée, elle se dépêcha de se lever pour rejoindre la souveraine. Elle s'installa sur le petit siège près du rideau et tourna en tremblant les pages d'un livret que M. Campan venait de lui donner.

– Nous nous plaignons, nous autres domestiques, et nous avons tort. Il est vrai que nous avons à subir des caprices, souvent des querelles, dont nous ne connaissons pas la cause…

Celle qui prononçait ces mots n'était autre que la reine de France. Roselys la regarda traverser la scène, une paire de manchettes à la main. Elle les posa sur la table, se saisit du fer et fit mine de repasser la dentelle.

Au mépris de son rang, la souveraine interprétait une servante. La tante Marie en aurait eu une attaque ! Elle aurait sans doute supporté d'applaudir la jeune reine dans le rôle de quelque personnage édifiant, plein de grandeur, mais la voir endosser la peau de Gotte, la soubrette d'une marquise !

La pièce se nommait *La gageure imprévue*, d'un certain Sedaine. Il s'agissait d'une comédie légère, et il y avait effectivement de quoi choquer tous les bien-pensants de la Cour. Qu'importe, pensa Roselys, la reine s'amusait, n'était-ce pas l'essentiel ?

– Heu…, coupa Aimée d'une petite voix, que Votre Majesté m'excuse…

Voilà trois fois qu'elle l'interrompait. Marie-Antoinette se redressa de toute sa taille et la tança, le menton haut :

– Quoi encore ?

Il n'en fallut pas plus pour qu'Aimée se recroqueville sur elle-même. Elle chercha un reste de courage, tout au fond de son être, pour expliquer sans oser croiser son regard :

– Le texte dit : *dont nous ne devinons pas la cause...*

– Vous m'arrêtez pour si peu ? « Deviner », « ne pas connaître », c'est la même chose !

– Excusez-moi...

– Adaptez-vous, que diable ! s'indigna la reine. Sans quoi nous n'avancerons jamais. Nous devons jouer deux pièces dans quelques jours. Si vous ergotez au premier mot de travers, je ne serai pas prête à temps. Reprenons !

Elle respira profondément et poursuivit :

– *Mais au moins, si cela fâche, cela désennuie. Et l'ennui... L'ennui...*

Après quelques instants de silence, Marie-Antoinette se tourna vers Aimée :

– Eh bien, soufflez-moi mon texte !

Roselys vit sa cousine s'empourprer. Voilà qu'elle pleurait !

– C'est que..., bredouilla Aimée, je ne retrouve pas la ligne...

– Dieu, quelle sotte ! lança Marie-Antoinette en se tenant le front de la main d'un air accablé.

La suite ne se fit pas attendre. Le livret tomba au sol, et Aimée s'enfuit dans les coulisses. Roselys voulut se lever mais Louise l'avait devancée.

— Vous avez raison, Bichette, approuva la reine depuis la rampe de chandelles, courez consoler la petite Croisselle. Mes mots ont dépassé ma pensée, je le crains. Je m'en voudrais de lui causer de la peine.

12

— J'ignorais que cette demoiselle était si émotive, se plaignit Mme de Polignac. Cela est bien ennuyeux.

Elle en paraissait plus désolée que fâchée.

— Allez-y, souffla Aglaé à Roselys.

— Où donc ?

— Sur scène. Vite, insista-t-elle. Sinon il faudra appeler M. Campan qui est déjà fort occupé. Moi je ne suis pas douée pour le théâtre, et ma mère encore moins. La reine vous en sera reconnaissante. Elle en oubliera la faiblesse d'Aimée... J'aimerais tant qu'elle reste !

Pourquoi pas, pensa Roselys. Marie-Antoinette ne l'impressionnait pas, et la réputation de la famille était en jeu. Elle gagna le plateau en toute hâte :

— Si Votre Majesté l'accepte, je vous servirai de répétitrice. Nous en étions à...

Elle prit le livret, chercha à peine, et lut à voix haute :

— *Ah c'est une terrible chose que l'ennui...*

— Oui ! fit Marie-Antoinette avec enthousiasme.

— Puis-je donner un conseil à Votre Majesté ? osa Roselys. Pour le bien de la pièce.

— Faites, mademoiselle. Je suis tout ouïe.

La souveraine semblait de nouveau de bonne humeur. Roselys se dirigea vers la table.

— Votre ton est juste, mais une soubrette saisirait la poignée du fer à l'aide d'un linge pour éviter de se brûler.

Elle s'empara de l'objet afin de lui enseigner comment les lingères s'y prenaient. Elle avait regardé Zélie agir ainsi des centaines de fois.

— Oh ! Voilà qui est bien étudié, reconnut Marie-Antoinette.

— Ensuite, il faut approcher le fer de votre joue, pour en éprouver la chaleur. Après quoi seulement vous commencez à repasser vos manchettes.

— Quelle bonne idée ! Cela donnera du relief au rôle, vous avez raison.

Puis la répétition reprit. Elles étaient si concentrées sur leur travail, que ni l'une ni l'autre ne virent Louise revenir avec Aimée.

La scène suivante ne posa pas de problème. Roselys interpréta le personnage de la patronne de

Gotte, une marquise acariâtre qui s'ennuyait. Elle n'eut même pas peur de rabrouer la reine :

– *Je vous avais dit de faire arranger mon clavecin ! Vous ne songez à rien !*

– *Il l'est, madame*, répondit la reine dans son rôle de servante, *le facteur*[1] *est venu ce matin.*

– *J'en jouerai ce soir, cela amusera monsieur... Je vais broder... Non... Approchez une table, je vais écrire...*

Roselys s'amusait follement. Elle lisait avec naturel, sans même se préoccuper du rang de celle qui lui donnait la réplique.

– *La voilà.*

La reine avança la table, courut chercher papier et plumes, tandis que Roselys poursuivait ses caprices d'un ton acide :

– *Pas une seule plume en état d'écrire !* s'indigna-t-elle, menton haut, en les jetant les unes après les autres.

– *En voici des neuves...*

– *Pensez-vous que je ne les vois pas ?*

La fin de la scène donna lieu à un tonnerre d'applaudissements de la part des spectatrices.

---

1. Artisan qui fabrique, restaure et entretient les instruments de musique.

– Ah, mademoiselle, vous me voyez ravie ! lança joyeusement la reine. Voilà ce qui s'appelle brûler les planches ! Je vous garde, je veux que vous restiez à mes côtés jusqu'à la représentation.

Roselys réprima une grimace. Elle n'avait nulle envie de revenir à Trianon et... le bellâtre l'attendait sûrement dans les jardins, pour lui demander des explications.

– N'est-ce pas, mon cher cœur, reprit la souveraine en se tournant vers Yolande de Polignac.

– Vous avez joué divinement, la complimenta son amie. Bien sûr, nous la gardons.

– Aimée reste aussi, lança Aglaé. Dites oui, je vous en prie !

– Ah ! ma Guichette ! répondit la reine en riant. Vous savez bien que je ne peux rien vous refuser. Elle reste, naturellement. Elle n'est guère douée pour la comédie, mais elle m'a fait un bien joli cadeau.

La porte du théâtre s'ouvrit. Deux femmes et quatre hommes entrèrent, aussitôt accueillis par des cris d'allégresse. Marie-Antoinette les rejoignit et se jeta dans les bras d'une des visiteuses, une jeune fille de haute taille :

– Ma sœur ! s'exclama-t-elle en l'embrassant.

Bien bâtie, les joues rouges, de beaux yeux bleus, celle-ci paraissait joviale et pleine de douceur.

— La sœur du roi, souffla Louise. Mme Élisabeth. Elle a seize ans et joue dans la pièce. La reine l'adore... Tout le monde l'adore ! Elle est la gentillesse même.

— Et l'autre dame ?

La trentaine, légèrement bossue, la femme possédait un regard d'aigle. Il ne devait pas faire bon s'y frotter.

— La comtesse Diane de Polignac, la belle-sœur de Yolande. Elle est dame d'honneur d'Élisabeth.

Encore une Polignac ! pensa Roselys. Décidément, ils étaient partout ! Mais Louise poursuivait en montrant les messieurs :

— Ce bel homme d'âge mûr est M. de Besenval. Charmeur, et la langue bien pendue. L'autre est le comte d'Adhémar. Il semble lourdaud, mais ne vous y fiez pas. Vous connaissez déjà les deux derniers, le frère du roi et M. de Vaudreuil. Je vais vous abandonner, ajouta Louise avec une grimace. Sa Majesté a voulu que je joue un petit rôle dans la seconde pièce, à mon corps défendant, je l'avoue. À mon tour de répéter !

— Voilà la « Troupe des Seigneurs » au complet, lança gaiement la reine. C'est ainsi que j'ai décidé d'appeler notre groupe. Au travail, mes amis ! Les muses nous attendent.

– Pourvu qu'elles soient sourdes ! ironisa Besenval. Monseigneur ignore son texte.

– Pourquoi l'apprendrais-je ? plaisanta ce dernier. Ma présence suffira. J'enverrai des œillades aux dames, elles s'en pâmeront de plaisir et ne se rendront compte de rien...

– Quel cabotin vous faites ! lâcha Marie-Antoinette en riant.

Elle prit Élisabeth et Diane chacune par un bras pour les conduire jusqu'à la scène et s'écria sans même se retourner :

– Eh bien venez donc, mademoiselle d'Angemont !

13

La Troupe des Seigneurs se montra des plus indisciplinées. Elle riait et elle bavardait plus qu'elle ne travaillait. Les bons mots fusaient, plus drôles les uns que les autres. Chacun y allait de sa fantaisie, et la répétition n'avança guère. Ce n'était pourtant pas faute d'y passer du temps !

M. de Vaudreuil, le meilleur acteur du groupe, servait de metteur en scène. En fait, la présence de Roselys se révéla inutile. On ne fit, d'ailleurs, bientôt plus attention à elle, ce qui lui permit de rejoindre Mme de Polignac, Aimée et Aglaé, qui ne jouaient pas. La petite duchesse s'empressa de lui annoncer :

— La reine vous autorise à souper au château. Vous verrez, la soirée sera délicieuse, nous danserons et nous écouterons de la musique. Après quoi on vous fera raccompagner à Paris.

— Faut-il vraiment que nous restions ?

Sa réaction impulsive surprit Aglaé.

– Vous refusez ? Je connais pourtant à la Cour des gens prêts à tuer pour obtenir cet honneur !

– C'est que, tenta de s'excuser Roselys avec maladresse, je ne suis pas habillée pour une soirée.

– Votre polonaise me semble très correcte et, de toute façon, vous ne mangerez pas avec la famille royale ! À qui souhaitez-vous plaire ? minauda Aglaé. Peut-être à M. de Valsens ? J'ai bien vu comment vous l'observiez.

– Qu'allez-vous imaginer ! s'étonna faussement Roselys. Mais... sans vouloir paraître indiscrète, que savez-vous de lui ?

Devant le sourire d'Aglaé qui s'accentuait, elle se hâta d'expliquer :

– Les parents d'Aimée pensent lui faire épouser ce monsieur. N'est-ce pas, Aimée ?

Par chance, sa cousine approuva de la tête et Aglaé se mit à raconter, comme en confidence :

– Le comte d'Artois lui témoigne une grande amitié et l'entraîne dans toutes ses frasques. Et Dieu sait s'il en fait ! Monseigneur est marié, mais il collectionne les maîtresses. M. de Valsens lui fournit des alibis. En compensation, le frère du roi lui a offert une charge de secrétaire, dont il ne se préoccupe guère. Je ne veux pas sembler médisante, mais M. de Valsens est ce qu'on appelle un *libertin*.

N'est-ce pas excitant ? ajouta la coquine en riant derrière sa main.

— Un débauché ? s'angoissa Aimée.

— Je m'en doutais un peu, renchérit Roselys.

Elle se garda bien de raconter comment elle avait surpris le gentilhomme, voilà quelques semaines, à courir après un cheval frais pour échapper, avec sa maîtresse, à la colère d'un mari trompé.

Puis elle aperçut le regard embué de larmes de sa cousine. Comment Aimée, si douce et si timide, pourrait-elle être heureuse avec un libertin ?

— Je préférerais mourir, hoqueta sa cousine, plutôt que d'épouser un tel débauché.

Devant son inquiétude, Roselys lui tapota la main.

— Allons, la rassura-t-elle, rien n'est encore fait.

14

Les courtisans auraient été bien étonnés. Eux qui imaginaient les soirées de Trianon emplies de honteuses turpitudes !

Les musiciens jouaient en sourdine, et quelques couples exécutaient des pas de menuet à la lueur des lustres et des chandeliers. Près d'une fenêtre ouverte sur la terrasse, une poignée de joueurs s'était attablée qui comptait cartes et mises, bourses ouvertes, en plaisantant.

D'autres encore papotaient, assis sur de beaux fauteuils. S'il n'y avait eu la reine, souriante et attentionnée, qui se déplaçait d'un groupe à l'autre, on se serait cru dans un château de province !

Marie-Antoinette avait troqué sa robe de mousseline pour une élégante tenue de soie, agrémentée de dentelle d'argent, de rubans et de quelques bijoux. Elle était ravissante.

— Mon frère, demanda-t-elle au comte d'Artois en lui donnant un coup d'éventail sur l'épaule, écartez-vous un peu de Guichette, je crains qu'elle ne manque d'air, tant vous devenez pressant. Je vous rappelle qu'elle n'a que douze ans.

Aglaé se mit à pouffer. Sans doute se sentait-elle flattée de susciter tant d'attention de la part d'un homme à la réputation si sulfureuse. Le prince, lui, accentua son sourire charmeur.

— Ma sœur, ne voyez là qu'un jeu. J'apprends l'art de la séduction à cette enfant, mais nous n'étudions ensemble que la théorie. Je promets d'en laisser la pratique à son époux.

— Voilà qui est fort sage, répliqua Marie-Antoinette. Vous m'offenseriez en allant plus loin.

— Venez danser, ma chère duchesse, proposa-t-il ensuite à Aglaé en embrassant sa main.

Roselys observait la scène depuis l'autre bout de la pièce, où elle se tenait prudemment en compagnie de sa cousine. Elle ignorait les usages de la haute noblesse, même si celle-ci, à Trianon, se voulait toute de simplicité champêtre.

— Excusez-moi, mademoiselle..., lança une voix dans leur dos. Ne nous sommes-nous pas déjà rencontrés ?

Étienne de Valsens ! Roselys réprima un rire nerveux, tandis qu'Aimée tressaillait, apeurée. Ils avaient mangé à la même table, en compagnie d'autres invités. D'emblée, Étienne de Valsens avait posé ses yeux sur Roselys, l'air intrigué.

— Je ne crois pas, monsieur, répondit-elle. Je ne suis que depuis peu à Paris et je ne sors guère.

Féron s'approcha. La trentaine, l'air trop sûr de lui, l'homme avait immédiatement déplu à Roselys.

— Fichtre, Étienne, railla-t-il, trouvez un moyen plus original pour lier connaissance avec mademoiselle ! « Ne nous sommes-nous pas déjà rencontrés ? » Voilà qui est d'un banal !

Roselys vit Valsens serrer les mâchoires, avant de retrouver un visage placide.

— Mon cher Lucien, je vous laisse de bon cœur l'originalité, et je garde la sincérité.

Féron se contenta de rire. Son regard se figea tout à coup sur Louise de Polastron, que M. de Besenval venait de faire danser.

— Ma Bichette est libre, constata-t-il en se détournant. Je vais l'inviter... pour lui conter fleurette...

Et effectivement le financier s'approcha d'elle avec l'air conquérant d'un coq de basse-cour. Louise tenta de battre en retraite, rougissante, mais Féron la poursuivit.

— Quel rustre ! lâcha Roselys entre ses dents alors qu'un valet vêtu de rouge annonçait :

— Sa Majesté, le roi !

Tout le monde cessa ses activités, mais à peine. Ceux qui jouaient se soulevèrent un instant de leur chaise. Les violons se figèrent, archet à la main, tandis que les danseurs s'arrêtaient, faute de musique. Après une petite courbette, chacun reprit ses plaisirs sans plus se soucier de Louis XVI.

Le roi ! Roselys contemplait le roi de France. Elle qui s'attendait à rencontrer un être quasi surnaturel se trouva déçue. Louis XVI était un jeune homme de vingt-cinq ans de très haute taille, un peu enrobé, avec des yeux bleus de myope. Il n'avait rien de royal et n'inspirait aucune crainte.

Marie-Antoinette se dirigea vers lui, bras tendus. Après un baiser sur le front de son épouse, Louis XVI la suivit pour saluer sa sœur, Élisabeth, assise aux côtés de Yolande et de Diane de Polignac.

Le comte d'Artois remarqua alors Louise qui tentait d'échapper à Féron. Il n'eut pas le temps de s'offusquer que Roselys traversait la pièce d'un pas alerte. Il vit ensuite la jeune fille se planter devant le financier indélicat, pour le tancer d'un ton doucereux :

– Auriez-vous l'amabilité de libérer Mme de Polastron ? Elle ne goûte guère vos attentions.

Son sourire froid étonna tout d'abord le goujat.

– Oh, railla-t-il, ne dirait-on pas la chaste Athéna guerrière, vêtue de son armure ?

Puis il se tut. Le comte d'Artois, lui aussi, venait de se poster près d'eux avec cette nonchalance dont il était coutumier. Cependant Féron nota ses sourcils froncés et sa bouche serrée, et il comprit que son attitude n'était pas appréciée en haut lieu. Le temps d'afficher un sourire mondain, et il lâcha le bras de Louise qui s'enfuit aussitôt.

— Bichette est un peu jeune pour vous, mon cher, lui déclara le frère du roi.

— Guichette aussi, rétorqua en riant le financier. Et cela ne semble pourtant pas vous gêner.

— Cessez, monsieur. Vous me ferez plaisir.

Son ton était sec. Féron lança un regard alentour, craignant que ce début d'altercation ne soit remarqué. Par chance, les souverains discutaient. Un rien fanfaron, il plaisanta :

— Fort bien, Monseigneur ! Je cède à la pression.

Et, à peine le comte d'Artois éloigné, Féron se courba devant Roselys :

— Venez danser...

— Merci, mais non.

— Vous ne connaissez pas la sarabande ? Je vais vous l'enseigner...

Il lui saisit le poignet, pour lui faire entendre qu'il ne lui laissait pas le choix.

— Je vous ai dit non.

– Ne sommes-nous pas ici pour nous amuser ? Vous m'avez fait perdre une cavalière, n'est-il pas normal que vous la remplaciez ?

La jeune fille allait le repousser plus fermement lorsque la voix d'Étienne de Valsens retentit :

– Lucien, mon cher, vous jouez de malchance. Mlle d'Angemont m'avait promis cette danse.

Il adressa un sourire aimable à Féron et se pencha devant Roselys. La jeune fille prit sa main sans hésiter. À peine la sarabande commencée, Valsens souffla :

– Lucien se montre parfois un peu dur d'oreille. Excusez-le.

– Vous choisissez bien mal vos amis, persifla Roselys sans se démonter.

Il ne répondit pas. Comme ils se faisaient face, il demanda de nouveau :

– Êtes-vous sûre que nous ne nous sommes pas déjà rencontrés ?

– Certaine. Je vous fais penser à quelqu'un ?

– Je vous ai déjà vue, j'en jurerais. Un visage si ravissant que le vôtre ne saurait s'oublier... Cela me reviendra.

– Monsieur le flatteur, plaisanta-t-elle, ma mère m'a appris à me méfier des beaux parleurs. Je ne ferai donc pas cas de votre compliment.

– Flatteur, moi ? s'indigna-t-il faussement. Je suis l'honnêteté même ! Et vous me rabrouez, alors que j'ai préservé vos petits pieds d'un fort mauvais danseur ! Je trouve cela très impertinent de votre part.

Roselys ne put s'empêcher de rire. Ah çà ! ce séducteur de Valsens savait être charmeur ! Mais elle ne se laisserait pas prendre à ce badinage de salon.

– Merci de m'avoir sauvée, preux chevalier, lui glissa-t-elle d'un ton ironique, la danse à peine terminée.

Et Roselys s'éloigna avant que Valsens ne retrouve la mémoire. Quel curieux personnage, pensa-t-elle. Beau, bien né, et de bonne éducation... Qu'avait-il besoin de s'acoquiner avec un cuistre tel que ce Féron ?

Elle rejoignit une Aimée morose et solitaire qui se morfondait dans un coin.

– Rentrons, supplia sa cousine, j'en ai assez. Louise s'est réfugiée auprès de la reine, Aglaé roucoule avec le comte d'Artois et je crains par-dessus tout que M. de Valsens ne m'adresse la parole...

– Je me sens lasse, moi aussi, lui glissa Roselys. Je vais voir si on peut nous faire raccompagner. Attends-moi.

15

Roselys s'élança au dehors à la recherche de la maison du concierge. Ce M. Bonnefoy pourrait sûrement leur faire atteler une voiture pour Paris. Les communs, se rappela-t-elle, étaient bâtis près des grilles d'entrée, et les grilles d'entrée...

– Peste ! gémit-elle, les poings sur les hanches. En pleine nuit les lieux paraissent différents. Bah, se rassura-t-elle, le château est tout petit. Si j'en fais le tour, je tomberai sur la cour.

La nature embaumait. Roselys repensa au rosier d'Aimée. Dire que sa création se trouvait là, dans le plus bel endroit du domaine de la reine, au temple de l'Amour ! La tante Marie allait s'en étouffer d'orgueil ! Puis la jeune fille aperçut une curieuse construction qui se découpait sur le clair de lune.

– Le jeu de bague ? Nous sommes passés devant, ce soir, en sortant du théâtre, se souvint-elle.

Il s'agissait d'un manège couvert d'un immense parasol chinois. Des paons et des dragons sculptés servaient de sièges. Un mécanisme caché devait le faire tourner, tandis que les personnes assises essayaient de décrocher des anneaux.

Roselys s'en approchait lorsqu'elle remarqua une ombre. Ni une statue, ni un serviteur, ni un garde... Non, une femme. Et voilà qu'un homme la rejoignait à petites foulées.

– Oh! oh! Des amoureux.

Elle allait s'éclipser sur la pointe des pieds lorsqu'un appel de l'inconnue l'arrêta net:

– Étienne! Venez vite! Je suis là.

Étienne? Étienne de Valsens? Roselys ne put résister, elle s'avança à pas de loup, s'accroupit derrière un buisson et tendit l'oreille. Malgré la nuit, elle reconnut aussitôt la rouquine. Ce séducteur avait-il donné rendez-vous à sa maîtresse?

– Bon sang, lança cette dernière d'un ton irrité, vous êtes en retard! Croyez-vous qu'il me soit facile de quitter Versailles pour vous retrouver en pleine nuit? Que raconterai-je au garde, si je me fais prendre?

– Eh bien, je suis là! Cessez vos jérémiades.

– Dieu que vous êtes désagréable!

Roselys manqua se mettre à rire. Le rendez-vous commençait mal! Elle se reprit: se moquer n'était guère charitable, alors que le jeune homme avait volé à son secours voilà un quart d'heure.

— Excusez-moi, Hermine, soupira Valsens. Féron fait encore des siennes...

La femme lui tendit quelque chose, sans doute un papier qu'il saisit et qu'il glissa dans sa poche.

— Prenez-en connaissance, c'est édifiant, ricana-t-elle.

— Étienne ! appela justement le fermier général depuis la terrasse. Venez vite, mon cher ! Sa Majesté va jouer de la harpe pour nous.

Le couple se tut, afin de ne pas se faire remarquer. Puis la rouquine poursuivit :

— Courez-y. Rendez-vous rue du Pavillon-du-Roi, demain soir, à dix heures... Nous nous y verrons plus longuement.

— Impossible. Le comte d'Artois souhaite que je l'accompagne à l'Opéra. Il y entretient une chanteuse et...

— Ah ça, non ! pesta-t-elle. Refusez ! Faites-vous porter malade... Toussez, boitez, que sais-je ! Vous devez venir, c'est important.

— Entendu, acquiesça finalement Valsens dans un soupir. À demain.

Le calme revenu, Roselys s'indigna :

— Dire qu'il ose rencontrer cette Hermine dans les jardins de la reine. Quel coureur de jupons !

Elle reprit son chemin vers les communs et s'inquiéta :

– Que deviendra Aimée, si fragile et si émotive, livrée à un tel mari ? À coup sûr, il l'abandonnera dès les noces consommées et continuera à collectionner les aventures. Elle en mourra de chagrin !

16

Malgré l'heure tardive, il fallut, en rentrant, rendre des comptes à la tante Marie. Révulsée par la défaillance de sa fille, elle manqua se trouver mal et s'époumona :

— Vous anéantissez tous nos espoirs de réussite à cause de votre bêtise ! Lorsqu'on doit servir sa famille, mademoiselle, on n'a pas à se sentir timide !

La suite était prévisible. Aimée, en pleurs, partit en courant et se réfugia dans sa chambre.

Roselys et l'oncle Lambert se regardèrent, accablés. Non pas accablés par la « bêtise » de la jeune fille, mais par l'attitude hystérique de sa mère, qui voyait ses ambitions s'envoler.

M. de Croisselle, mal à l'aise, tournait la chevalière qu'il portait à l'annulaire en un geste mécanique. Puis il déclara avec fermeté :

— Cessez, madame, Aimée a fait de son mieux.

– C'est exact, ma tante, renchérit Roselys. La reine en personne a planté son rosier. Et l'honneur de la famille est sauf, puisque je remplace...

Un regard noir lui coupa l'envie de terminer sa phrase, et la tante Marie s'emporta de plus belle :

– Je me moque bien de son fichu rosier ! Cette bécasse a tout fait rater ! Tout ce qu'on lui demandait, c'était de flatter la reine, en lui laissant entendre qu'elle jouait la comédie divinement. Marie-Antoinette couvre de bienfaits tous ceux qui savent l'embobiner. Regardez ce fat de Vaudreuil... Il vient de décrocher une nouvelle charge, celle de fauconnier du roi ! Vingt mille livres de rente !

Puis elle se mit à marcher de long en large, en maugréant entre ses dents. Son époux, qui commençait à sentir la moutarde lui monter au nez, l'arrêta d'un ton grave :

– Madame, s'abaisser à flatter Marie-Antoinette est indigne de nous. Mes ancêtres ont toujours servi le royaume sans contrepartie.

La tante Marie le toisa, mâchoires serrées. Après avoir pris une profonde inspiration, elle déclara, l'air mauvais :

– Notre fortune n'est plus qu'un souvenir. Comment notre fils Henri achètera-t-il un régiment à son retour des Amériques ? Il faut qu'Aimée charme la reine, vous dis-je ! Sa maudite timidité la perdra. Je vais la faire soigner par Mesmer, et pas plus tard que demain.

Et elle sortit en claquant la porte.

Roselys retint son souffle. La situation financière des Croisselle était donc si mauvaise ? Sans doute y avait-il quelque exagération : leur train de vie lui semblait des plus luxueux. Mais pour le moment peu lui importait.

— Tante Marie veut faire soigner Aimée ? s'inquiéta-t-elle.

— Une de ses lubies, soupira l'oncle Lambert. Il existe à Paris un médecin allemand, Franz Anton Mesmer. Il a inventé un traitement, le « magnétisme animal », avec lequel il prétend guérir tous les maux. Je pense, quant à moi, qu'il s'agit d'un charlatan. Paris en est empli ! Celui-là a pignon sur rue. Il reçoit les plus grands noms de la Cour, et soigne gratuitement les pauvres. Voilà plusieurs mois que votre tante parle de lui amener Aimée.

— Ma cousine est timide certes, mais cela n'a rien de maladif. Donner la réplique à la reine aurait déstabilisé des demoiselles plus hardies qu'elle.

— Merci, Roselys. Dieu m'est témoin que je ne souhaite que le bonheur de ma fille. Montez donc vous coucher, ajouta-t-il avec un bon sourire. Demain, il vous faudra vous rendre à Trianon.

Elle allait sortir, lorsqu'elle se retourna :

— Mon oncle ? Connaissez-vous un fermier général du nom de Féron ?

Était-ce une illusion, ou M. de Croisselle serrait-il les mâchoires ?

— Vous l'avez rencontré, bien sûr, répondit-il d'un ton amer. Il est très souvent dans le sillage du comte d'Artois. Ce financier en impose par sa richesse, mais ce n'est pas quelqu'un de fréquentable. Et il est marié.

Roselys ne put réprimer un sursaut. Peste ! Son oncle pensait-il qu'elle avait des vues sur ce cuistre ?

— Je l'ai trouvé fort déplaisant, expliqua-t-elle. Je me suis d'ailleurs demandé pourquoi Monseigneur le comte d'Artois côtoyait un tel individu. Un gentilhomme l'accompagnait, un certain Valsens...

Elle guetta sa réaction, qui ne tarda pas :

— M. de Valsens est un jeune homme très honorable.

Puis il se détourna vers la fenêtre en boitant. Roselys distinguait à peine les traits de son visage, la lueur des bougies ne l'éclairait plus. Voilà qu'il manipulait de nouveau sa chevalière dans un geste familier d'énervement...

Autant jouer franc-jeu. Elle se risqua :

— Aimée m'a appris que vous vouliez lui faire épouser ce gentilhomme. M. de Valsens ne me paraît guère recommandable, lui non plus. Le frère du roi en a fait sa créature. On m'a même rapporté qu'il servait d'alibi au prince lorsque celui-ci se livrait à ses turpitudes. Il mène une vie dissolue et rendra Aimée malheureuse.

L'oncle Lambert se retourna d'une pièce.

– Ma nièce, déclara-t-il d'un ton froid, je n'aime pas les médisants. Apprenez que les gens ne sont pas toujours tels que nous les voyons.

Roselys en fut étonnée. À croire qu'une vilaine mouche l'avait piqué ! Lui d'ordinaire si calme et si maître de lui ! Elle décida de battre en retraite. Il serait toujours temps de prouver qu'Étienne de Valsens n'était pas un bon parti pour Aimée.

Après un salut, elle sortit.

« Et si, réfléchit-elle tout en grimpant l'escalier, j'apportais aux Croisselle la preuve de la mauvaise conduite de Valsens ? Cela les obligerait sûrement à revoir leurs projets. Rue du Pavillon-du-Roi, à dix heures, se rappela-t-elle. Demain soir, "monsieur" d'Angemont s'invitera à leur rendez-vous galant... »

17

La nuit était tombée. Roselys jeta un œil par la fenêtre de sa chambre. Le temps devenait menaçant. Elle ajusta sa perruque blanche d'homme sur sa chevelure relevée en chignon et cacha quelques mèches acajou du bout des doigts.

Un violent coup de tonnerre retentit, qui la fit frissonner de plaisir. Elle adorait les orages.

Par précaution, elle se saisit de sa cape à capuchon. Elle serait bien avancée si elle rentrait avec ses faux cheveux défrisés et tout collés de poudre ! Sa perruque coûtait cher, inutile de l'abîmer bêtement sous la pluie. Ensuite, elle fixa son baudrier à sa taille, dans lequel elle glissa son épée. Elle était prête.

Enfin... prête... c'était vite dit. Il lui restait à sortir.

Elle avait cherché tout le jour comment s'éclipser sans se faire prendre. Il faut dire que la reine ne lui avait laissé guère de temps pour réfléchir! Lorsqu'elles étaient seules, sans la Troupe des Seigneurs, sans distraction, Marie-Antoinette travaillait avec frénésie. Ce projet théâtral lui tenait à cœur. Elle désirait tant triompher sur les planches, que tout son personnel devait répondre à ses attentes, sans limites d'énergie ni de bonne humeur.

Entre deux scènes, Roselys avait échafaudé bon nombre de plans. Le premier : descendre par la fenêtre en se laissant tomber. Elle y avait renoncé. Sauter était facile et ne lui faisait pas peur. Mais comment remonterait-elle ?

Le plan numéro deux semblait plus réaliste : se rendre aux écuries, comme chaque soir, pour câliner Palmyre. Ensuite, elle espérait apitoyer – ou soudoyer (plan numéro trois) – le palefrenier, afin qu'il la laisse filer par la porte de service.

– Plan numéro deux, décida-t-elle en entrouvrant sa porte pour scruter l'escalier.

La voiture de la reine les avait déposées à sept heures. Par chance, chez les Croisselle, chacun se retirait dès le repas fini. D'ordinaire, les cousines se retrouvaient pour discuter et se rendaient à la serre d'Aimée. Ce soir-là, Roselys dut prétexter une grande fatigue afin de rester seule.

– Bien. Plan numéro deux..., répéta-t-elle alors qu'un superbe éclair zébrait le ciel.

L'oncle Lambert les avait quittées pour un soi-disant rendez-vous tardif, sans doute pour échapper aux sautes d'humeur de la tante Marie, qui ruminait toujours sa bile. Quant à Aimée, une fois ses fleurs soignées, elle lui avait dit bonsoir, en lui souhaitant de bien se reposer. Roselys avait préféré ne pas la mettre au courant de ses projets. Sa cousine ne savait pas mentir et elle ne lui aurait été d'aucune aide.

Elle dévala l'escalier sur la pointe des pieds, longea le corridor qui menait aux cuisines, et gagna les écuries dans le plus grand silence.

— Qui va là ! brailla le palefrenier, en apercevant une silhouette d'homme.

— C'est moi, Roselys !

— Vous voulez que j'aie un coup au cœur ? C'est quoi donc, cette tenue ?

— Faut que je sorte, Mathieu...

Son ton suppliant le fit s'esclaffer :

— Pendant un instant, j'ai cru voir vot'cousin Henri... Lui aussi passait, le soir, en catimini, pour que je lui ouvre. Un sacré coureur, vot'cousin ! Bah, si ça vous amuse, moi ça m'ennuie point.

— Je ne t'oublierai pas dans mes prières ! lui déclara-t-elle avec un grand sourire.

Elle alla caresser Palmyre qui s'agita en hennis-sant dans sa stalle. Le palefrenier s'adossa à la cloi-son de bois :

— Pensez plutôt à moi pour les étrennes, plaisanta-t-il à demi. Ma paie n'est pas bien lourde...

Le sous-entendu était à peine voilé. Elle glissa la main dans sa poche, en vue du plan numéro trois, mais Mathieu reprit en haussant les épaules :

— Allez, vous n'aurez qu'à pousser la porte au retour, je ne la fermerai point. Prenez garde à vous...

— Ne t'inquiète pas, je ne suis pas fille de dragon pour rien, je sais me défendre. Je vais juste me promener... Pas loin. Et je ne t'oublierai pas non plus pour tes étrennes !

Il lui présenta une mine ravie, déverrouilla la porte et lui recommanda tout en la regardant partir :

— Évitez les ennuis. Si vous vous faites prendre, je nierai vous avoir aidée.

Elle resserra sa cape autour d'elle, rabattit le capuchon sur sa tête et fila sous l'orage. Elle aimait tant l'odeur de la pluie ! À Angemont, il montait de la terre des effluves de bois, d'humus et d'herbe... Mais à Paris, l'eau se mêlait aux ordures, en renforçait la puanteur, avant de rouler dans le ruisseau creusé au centre de la chaussée.

Elle rentra la tête dans les épaules, et se mit à marcher d'un pas pressé, la main sur la garde de son épée. Arrivée au bout de la rue des Tournelles, elle enfila la rue Saint-Antoine, l'une des plus commerçantes de Paris. Quelques cabarets y résonnaient de bruits et de rires. Les ouvriers du quartier, renommé pour la qualité de ses menuisiers, venaient s'y distraire après leur journée de travail.

Au travers des fenêtres, Roselys apercevait des couples de danseurs sautillant au son d'un violon. Elle aimait la compagnie des gens simples et se serait bien arrêtée, par curiosité.

– Ce n'est guère le moment, se reprit-elle.

Elle devait marcher jusqu'à la fontaine Sainte-Catherine, et tourner sur sa droite. La rue du Pavillon-du-Roi commençait là.

En fait de rue, il s'agissait d'un passage, long d'à peine deux cents pas. De l'autre côté se trouvait la célèbre place Royale[1].

Elle ignorait où Étienne de Valsens avait exactement rendez-vous avec sa dulcinée. Il lui faudrait se cacher en attendant de les voir apparaître.

Pendant un instant, elle jugea cette surveillance ridicule. Si elle avait été une femme trompée, rongée de jalousie, passe encore de guetter un couple d'amants sous l'orage... Mais jouer les espionnes, sans autres indices qu'un lieu et une heure, se révélait une aventure proche de la stupidité.

---

1. Aujourd'hui appelée « place des Vosges ».

– Eh bien, marmonna-t-elle en essuyant une goutte de pluie au bout de son nez, je resterai stupide jusqu'au bout ! S'ils entrent dans une maison, je la repérerai pour savoir plus tard à qui elle appartient. Et si je m'approche suffisamment pour les entendre, je connaîtrai leurs projets. Après quoi, ajouta-t-elle en faisant tinter de la monnaie au fond de sa poche, je me rendrai dans un de ces cabarets, pour écouter de la musique.

Elle sourit avec un sentiment grisant de liberté. C'était si bon de passer pour un homme ! On pouvait faire ce qu'on voulait, sans que quiconque vous impose un chaperon, ou vous oblige à respecter ces maudites convenances. Et respirer ! Respirer à pleins poumons sans cet horrible corset pour vous étouffer !

Dix heures sonnaient à l'église voisine, lorsqu'elle arriva à la fontaine. Quelle ne fut pas sa surprise de voir devant une maison cossue des gens vêtus, tout comme elle, de capes sombres aux capuchons rabattus sur les yeux !

– Me voilà bien ! Serait-ce une veillée funèbre ?

Un valet les accueillait en levant haut une lanterne d'une main, et un parapluie de toile cirée de l'autre.

Dix pas avant l'entrée, elle se glissa à l'abri d'une porte cochère. Le point d'observation était idéal.

Elle n'attendit guère pour être fixée : un fiacre s'arrêta. Une femme en descendit, le visage couvert d'un loup de dentelle noire.

Se masquer était chose courante à Paris. Une dame bien née, qui tenait à garder *l'incognito*, portait toujours un masque. Ce qui, au lieu de la faire paraître invisible, ne la rendait que plus énigmatique encore !

Point d'énigmes en ce qui concernait celle-là. Des boucles rousses s'échappaient de sa large capuche de satin, fixée avec coquetterie au sommet de son crâne par une épingle d'or.

– Thémis ! lança-t-elle au valet.

Et elle passa la porte en soulevant ses jupes d'un geste élégant.

Thémis... Ce nom rappelait vaguement quelque chose à Roselys. Une divinité grecque. Ou romaine. S'agissait-il d'un mot de passe ?

Un nouvel individu se présentait. Lui aussi lâcha au portier : « Thémis. » Trois autres suivirent, puis arriva Étienne de Valsens. Le jeune homme sauta de son cabriolet vêtu d'une cape, mais le visage découvert. Pour une fois, ses cheveux étaient au naturel, sans rouleaux ni poudre. Il avait changé ses chaussures à talons pour des bottes qui lui donnaient une démarche martiale.

– Thémis.

Roselys en ressentit un frisson d'excitation. Elle s'attendait à un rendez-vous galant, c'était tout autre chose. Autre chose de bien plus mystérieux !

Bigre... On venait de la frôler... Quelqu'un l'avait rejointe sous la porte cochère. Elle se retourna et sursauta ! Visage en lame de couteau... Cheveux gris... Roselys fut prise d'une peur irrépressible. Le spadassin de l'auberge ! Comment avait-il eu vent du rendez-vous ? L'avait-il reconnue ? Sans doute non. D'ailleurs, il demanda, un rien agressif :

— Qu'est-ce que tu fous ici, morveux ?

— Eh bien... je m'abrite de la pluie, tenta Roselys. Pour... pourquoi ?

— Fiche le camp ! ordonna-t-il d'un ton mauvais. Y'a pas de place pour deux !

À coup sûr, il voulait surveiller à son aise. L'emplacement était rêvé. Mais, si elle sortait, Roselys se ferait remarquer.

— J'peux pas, se rebiffa-t-elle en baissant sa voix d'une octave. J'vais mouiller ma perruque...

Elle se tut, bouche ouverte : la pointe d'une lame venait de s'enfoncer dans ses côtes. Elle retint son souffle. L'homme ne plaisantait pas. Il était armé et semblait déterminé à la voir déguerpir.

— File, j'te dis !

La pression s'accentua. Roselys hésita entre appeler à l'aide et riposter. Pour s'être battue avec les gamins de son village, elle savait qu'elle possédait, comme on dit, un bon crochet du droit. Mais... serait-elle plus rapide que le poignard ?

– Eh... j'te connais..., lança-t-il tout à coup. T'es donc avec eux ?

Voilà qu'il levait la main, son arme brillant dans la nuit ! Cet imbécile allait la tuer ! Elle lui envoya son poing dans l'estomac et entendit la lame frapper le bois de la porte. En hâte, elle sortit de sa cachette. Déjà le valet se tournait vers elle, étonné. Capuchon sur le nez, elle lui lança d'une voix tremblante :

– Thémis.

Et elle entra.

18

— **M**es frères, mes sœurs, prenez place, demanda un homme au visage invisible.

Il ne s'agissait pas d'une veillée funèbre. Quoique.

Roselys pénétra à la suite des autres dans une grande salle. Un chandelier, posé près d'une fenêtre aux épais rideaux fermés, l'éclairait à peine de cinq flammes vacillantes. Une immense table occupait presque toute la superficie. Au centre, une morbide tête de mort avait été posée, surmontée d'une chandelle qui diffusait une affreuse lueur verdâtre.

Le cœur battant, Roselys vit la porte se refermer. Elle compta une bonne vingtaine de participants, hommes et femmes mêlés. Tous dissimulaient leur visage. Elle prit une profonde inspiration et se dirigea vers un siège. Pendant quelques instants, seul le bruit des chaises retentit dans la pièce...

– Sœur Hermine, demanda celui qui semblait conduire les opérations. Couvrez-vous, je vous prie.

La rouquine émit un rire gêné avant d'ôter son épingle d'or pour rabattre son capuchon bordé d'un volant de satin sur son nez. La voix de l'homme expliqua :

– Vous savez, mes frères, mes sœurs, que cette consigne n'a pas pour but de cacher nos identités, puisque nous nous connaissons tous, mais de faire preuve d'égalité. Ainsi vêtus, nous effaçons notre sexe, notre âge, et notre condition sociale. De même que cette tête de mort, visible de tous, est là pour nous rappeler que nous devenons semblables dans la tombe.

Autour de la table, on approuva. Roselys commençait à comprendre. Il n'y avait, en fait, rien de très mystérieux. Elle avait sous les yeux une de ces innombrables sociétés secrètes comme il en fleurissait partout en France. Depuis une vingtaine d'années, elles étaient à la mode. Pas une corporation, pas une faculté, pas un régiment qui ne possède la sienne, jusqu'aux producteurs de vins ou de fromages ! Certaines diffusaient des idées philosophiques, mais la plupart étaient tout bonnement amicales, et encourageaient leurs confrères à la charité. Le père de Roselys, lui-même, appartenait à la franc-maçonnerie, comme la majorité des officiers.

Il avait confié à sa fille que ces associations obéissaient à des règlements stricts et prônaient souvent l'égalité et la fraternité entre leurs membres.

Ainsi donc, « sœur Hermine » et « frère Étienne » faisaient partie d'une confrérie... Bah ! pensa-t-elle, ces gens-là ne devaient pas être bien dangereux, en tout cas moins que le spadassin qui traînait dehors. Elle se promit de rester assise sagement, le visage incliné en avant, et d'attendre que leur lugubre comédie se termine.

– Enfants de Thémis, déclara celui qui siégeait au bout de la table, le comte de Cagliostro vient d'être expulsé de Pologne par le roi Stanislas II.

Un brouhaha s'éleva. Le voisin de Roselys se pencha vers elle pour lui glisser d'un air entendu :

– Cet imposteur ne méritait pas mieux !

Elle se hâta d'approuver pour donner le change, même si elle ignorait de qui on parlait.

– Du calme, je vous prie ! s'écria le président. Il a sûrement rejoint les *Illuminati*. Ces fanatiques défont les gouvernements plus vite que nous les établissons ! Il y a fort à craindre de nouvelles manigances de leur part. Cagliostro veut s'installer à Strasbourg. Il serait bon que l'un d'entre nous s'y rende, afin de cerner ses intentions.

Un bras se leva et le nom du volontaire une fois noté, on passa à un autre sujet :

— Frère Étienne, vous deviez surveiller le fermier général Féron.

La voix de Valsens s'éleva, toute proche, à deux sièges de Roselys :

— Cela me devient très pénible, cet homme est foncièrement mauvais.

Elle retint sa respiration. Que préparaient donc ces gens ? Valsens espionnait Féron ?

— Vous avez raison, il est foncièrement mauvais, approuva le maître de cérémonie. Voilà maintenant deux ans qu'il pille le peuple[1] alors que notre royaume vit une grande crise.

— Féron ne fait pas que piller, s'écria une femme, il tue aussi ! Mon mari a refusé de payer les sommes abusives que ce voleur réclamait ! En représailles, il a saisi nos biens, et a fait condamner mon époux pour rébellion contre le roi ! Le gibet l'attend, si nous n'agissons pas !

— Nous le sauverons, sœur Juliette, la rassura leur chef. Et nous vengerons aussi les autres victimes de cet escroc. Frère Étienne, qu'avez-vous à nous apprendre ?

---

1. Les fermiers généraux prélevaient les taxes au nom du roi. Titulaires d'un bail de six ans, ces financiers percevaient en moyenne trente-cinq pour cent des sommes levées, ce qui leur permettait de bâtir des fortunes colossales. Certains allaient au-delà, n'hésitant pas à doubler, voire à tripler ces profits abusifs.

– Il a accepté mon amitié parce que je suis un proche du comte d'Artois. Féron est dévoré d'ambition. Il espère devenir un intime de Monseigneur, mais également de la reine. Il y a presque réussi, puisqu'il est invité à Trianon.

– Comment vole-t-il l'argent ?

– Je l'ignore encore. Il tient sûrement une double comptabilité. Ce serait une preuve accablante, si nous la découvrions. Quant aux riches bourgeois qu'il dépouille, il ne peut les spolier qu'avec l'appui de policiers et de juges corrompus.

– Sœur Hermine, qu'avez-vous soutiré à Mme de Féron ?

Roselys ne savait plus où elle se trouvait... Qui étaient ces gens ? Des comploteurs ? Des espions ? La peur montait en elle...

– Isabelle de Féron, expliqua à son tour la rouquine, n'est qu'une charmante tête de linotte. Elle m'a appris qu'ils projetaient de construire une « folie », une maison de plaisance, à Antony. Elle la veut digne de Trianon. Vous vous doutez avec quoi son époux va payer...

Des « oh ! » indignés s'élevèrent. À l'autre bout de la table, celui qui donnait la parole déclara :

– Il faut en finir. Utilisez tous les moyens pour le faire tomber au plus vite. Plus que l'argent, des vies sont en jeu !

Roselys se figea. Thémis! Oui, se rappela-t-elle, Thémis était la déesse grecque de la Justice. Elle avait affaire à des justiciers d'un nouveau genre... Elle se sentit à peine rassurée. Ces gens semblaient posséder de gros moyens, et n'avaient aucun scrupule à espionner ceux qu'ils jugeaient fautifs de malmener l'État.

On passa ensuite à d'autres «coupables», qui portaient pour la plupart de grands noms de la noblesse. Chaque frère et sœur autour de la table prenait une part active à des enquêtes aussi officieuses qu'illégales, chacun en fonction de ses compétences. S'il y avait des nobles, Roselys fut étonnée d'y trouver des bourgeois, des artisans, un domestique, et même un «vas-y-dire», un adolescent qui travaillait comme coursier.

Le nom de Mme de Polignac fut cité à de nombreuses reprises. Si elle-même n'était pas directement mise en cause, son entourage et sa famille étaient largement pris pour cible.

Ils accusèrent aussi le cadet du roi, le comte de Provence, de répandre des calomnies sur Louis XVI et Marie-Antoinette, afin de déstabiliser le pouvoir. Le comte d'Artois, le plus jeune des trois princes, se voyait qualifier de débauché sans cervelle. La dureté des propos mettait Roselys mal à l'aise. Il lui tardait de partir.

Les justiciers allaient clore leur séance lorsqu'un homme demanda la parole.

– J'aimerais que nous discutions de ce médecin, Franz Anton Mesmer...

Roselys sursauta ! La voix de l'intervenant ne lui était pas inconnue, pas plus que le nom du docteur. C'était celui qui devait soigner Aimée.

Le maître de cérémonie acquiesça :

– Vous avez raison. Il se passerait des choses étranges dans son cabinet. Je ne parle pas de son prétendu traitement miraculeux, le « magnétisme animal », mais de ce qui se trame dans ses appartements. Il y reçoit des malades, dont beaucoup appartiennent à la Cour et même au gouvernement.

Une femme leva la main. Son visage était couvert d'un long voile noir de veuve.

– Je lui ai amené mon fils, Louis, qui souffre d'épilepsie. Le « magnétisme animal » lui a provoqué une grave crise. Mesmer l'a transporté dans une pièce capitonnée où il a tenu à demeurer seul avec lui. J'ignore ce qu'il a fait à mon enfant, mais il en est ressorti sur ses deux jambes... Louis ne se souvient de rien. De rien, entendez-vous ! Je ne saurais dire si ce médecin est un ange ou un démon.

Durant le témoignage de la dame, chacun était resté muet, comme pendu à ses lèvres.

– Ce médecin est sûrement un escroc, insista celui qui avait lancé la conversation.

Son ton semblait anxieux, et Roselys le vit manipuler sa chevalière.

L'oncle Lambert ! Roselys commençait à paniquer. Le sang lui brûlait le visage au point qu'elle en ressentait des picotements. M. de Croisselle faisait partie de ces justiciers ! Elle comprenait à présent pourquoi il défendait tant Étienne de Valsens !

– Nous ferons surveiller ce Mesmer, lança la voix. Chacun a-t-il fait son rapport ? demanda-t-il ensuite.

Comme tout le monde acquiesça, le maître de cérémonie déclara la séance terminée. Mais le voisin de Roselys réclama la parole.

– Faites excuse, Vénérable. Notre frère, ici présent, n'a pas parlé, fit-il en désignant Roselys. Et j'avoue que j'ignore son identité.

Elle se mit à trembler. À coup sûr, elle allait être démasquée ! Quel traitement réservaient-ils aux espions, ces justiciers d'un genre particulier ? Elle réussit à répondre en déformant sa voix :

– Je n'ai rien à vous apprendre...

Un pesant silence se fit. Roselys, le cœur battant, jeta un coup d'œil vers la sortie. Quelles étaient ses chances de l'atteindre ? Pas énormes. Elle réfléchit à la vitesse de l'éclair : dégainer son épée, frapper ceux qui essaieraient de l'arrêter, gagner la sortie, partir vite...

– Mon frère, veuillez vous découvrir, afin que nous sachions à qui nous avons affaire.

Mais Roselys ne s'exécuta pas. Elle se leva brusquement, faisant tomber sa chaise, et elle courut vers la porte. Hélas, son voisin lui barra le chemin tandis que des vociférations offusquées se faisaient entendre.

Elle perdit l'équilibre ! Alors qu'elle cherchait à sortir son épée, Valsens l'avait projetée avec une incroyable force contre le mur. Son arme vola ! Roselys s'écroula au sol, à demi assommée !

– Découvrez-vous, ordonna-t-il.

Reprenant ses esprits, elle banda ses muscles et lui assena un violent coup de pied dans les tibias. Le jeune homme bascula à son tour, surpris par l'attaque.

Roselys se dégagea. Elle rampa et ramassa son arme. Puis elle se redressa, enjamba Valsens et gagna la porte. Entre elle et la liberté, il n'y avait que deux femmes qui poussèrent des cris d'effroi sans oser intervenir.

Mais à peine avait-elle atteint l'entrée que Valsens l'avait rattrapée. Il n'était plus encombré par sa cape. Elle entendit avec un sentiment de panique son arme fendre l'air. «Garde-toi de la peur», lui aurait conseillé Gaétan. Elle respira et affermit sa prise sur la poignée de son épée.

– Rendez-vous ! cria-t-il.

Elle ne l'écouta pas. Curieusement, elle craignait moins de combattre Valsens que d'être reconnue par l'oncle Lambert... Dieu qu'il serait déçu ! Leurs secrets respectifs découverts, la honte de l'avoir trompé, d'avoir bafoué son hospitalité...

– En garde, répliqua-t-elle.

Elle défit d'un geste le cordon de sa cape qui tomba au sol.

– Vous ? fit Valsens en « le » reconnaissant.

L'effet de surprise jouait en sa faveur. Si elle se débarrassait rapidement de son adversaire, elle pourrait encore s'enfuir. Elle l'avait déjà battu. Il lui suffisait de recommencer.

Un pied en avant, il engagea l'assaut. Il frappait fort, plus fort que dans son souvenir. Leurs lames s'entrechoquaient, et ils enchaînaient attaques, parades, ruptures et contre-parades...

Un des assauts fut si violent qu'ils se retrouvèrent corps à corps. Il la repoussa et s'écria, la voix hachée :

– Vous... me suiviez... donc, à... Antony ! Votre provocation... était délibérée...

Roselys ressentait de la fatigue. Le souffle court, elle répliqua :

– Antony... Pur hasard, je vous le jure...

Puis elle se reprit. Qu'avait-elle besoin de se justifier ? Elle recula d'un pas pour éviter sa lame et se

cogna à une banquette. Déséquilibrée, elle tomba !
Elle était acculée ! Fini ! C'était fini !

Il s'approcha, leva son arme...

La garde de son épée s'abattit sur le crâne de
Roselys avec un bruit étrange. Le sang battait curieusement dans ses oreilles, elle manquait d'air. Elle
s'évanouit.

Sous le coup, sa perruque se souleva, libérant sa
chevelure acajou...

– Nom de Dieu ! jura Valsens.

19

Roselys ouvrit les yeux. Un oppressant mal de tête lui taraudait les tempes. Elle voyait double... Où l'avait-on emmenée ? Dans une cave ? Certainement. Il n'y avait pas de fenêtre. Une chandelle, posée près de la porte, lançait une flamme bleuâtre. Et la porte ? Solide, et fermée. Un judas grillagé s'y trouvait encastré à hauteur de visage. On l'avait allongée sur un lit à la couverture propre et bien tirée. Ils avaient placé sa perruque sur sa poitrine, tache blanche sous son menton.

Roselys s'assit avec un gémissement de douleur.

– Elle est réveillée, lança une voix à l'extérieur.

C'était celle du jeune « vas-y-dire ». Sans doute la surveillait-il depuis le judas.

Peu après un homme apparut, grand, légèrement voûté, la face cachée par un masque de velours.

Derrière lui, malgré sa vue troublée, Roselys reconnut Étienne de Valsens.

– Que faisiez-vous là ? demanda le premier. Pourquoi cette tenue ? Vous nous espionniez ?

Le regard de Roselys allait de l'un à l'autre. Le cœur battant la chamade, elle tentait de reprendre ses esprits. Elle avait frôlé la mort, de peu.

– Bien sûr que non, avoua-t-elle en se mettant debout, sa perruque à la main.

Autour d'elle, tout tournait. Elle avait la nausée.

– C'est moi qu'elle surveillait, dit Valsens.

Roselys se passa une main sur le front, évitant ainsi de répondre.

– Votre nom ! cria l'homme.

– Roselys d'Angemont, marmonna-t-elle. Je suis la nièce de M. de Croisselle.

Voulait-il la mettre à l'épreuve ? Valsens connaissait très bien son identité. N'avaient-ils pas dansé ensemble à Trianon ?

– Et vous ? avança-t-elle.

– Appelez-moi... Vénérable.

– Oh ? ricana-t-elle malgré la douleur. Monsieur le Vénérable, vous n'êtes guère modeste.

Mais l'humour sembla lui déplaire. Il vociféra :

– Qui vous envoie ? La société des *Illuminati* ? Quoique je ne les voie pas accepter des femmes... Les Philalèthes ? Les Philadelphes ? poursuivit-il.

– Monsieur, j'ignore de quoi vous parlez. Je ne suis aucunement versée dans ce genre de chose.

– Cet incident est des plus regrettables, mademoiselle. Si vous avez aperçu nos visages, vous devenez une menace pour notre groupe. Il nous faudra nous débarrasser de vous.

« Débarrasser », voilà un mot déplaisant ! Non, jugea-t-elle, il la menaçait pour lui faire peur. On ne se débarrassait pas des gens comme cela. Tout du moins l'espérait-elle.

– Je n'ai reconnu que ceux que je connaissais déjà. M. de Valsens, Hermine et mon oncle, à ma grande surprise, je dois le dire... Quant à votre société secrète, vous pouvez traquer et punir tous les larrons de France, je ne vous dénoncerai pas.

– À la bonne heure ! s'écria le Vénérable d'un ton sarcastique. Puis-je savoir comment vous vous êtes introduite dans notre réunion ?

– Tous vos participants répétaient le même mot de passe, Thémis. Je les ai imités. Et comme ma cape était semblable aux leurs...

– Bravo, s'indigna-t-il de nouveau en se tournant vers Valsens. Notre sécurité pèche vraiment par son inefficacité ! Nous devons modifier notre organisation, et vite. Pourquoi, mademoiselle, pourquoi nous espionner ?

Elle leva les yeux vers lui et n'aperçut que des prunelles marron au travers du masque.

– À cause de ma cousine. Ses parents souhaitent la fiancer à M. de Valsens. Aimée est terrifiée à l'idée de ce mariage, elle parle de mourir. Or, j'ai cru que M. de Valsens entretenait une relation avec votre sœur Hermine. Je pensais que, si j'en apportais la preuve, les Croisselle renonceraient à ce projet.

– Nous nageons en pleine comédie ! railla l'intéressé. Vous devriez cesser de faire du théâtre avec la reine, cela vous donne de drôles d'idées ! Sachez qu'épouser Mlle de Croisselle ne fait pas partie de mes projets, même si son père est un homme que je respecte infiniment.

– Ma tante en rêve.

– Eh bien, justement, elle rêve ! Cette union ne se fera pas. Quant à Hermine, elle n'est pas ma maîtresse, elle m'aide à enquêter. D'ailleurs, à Antony, nous suivions Féron qui transportait de l'or... Hélas, nous l'avons perdu... à cause d'un blanc-bec qui...

– Eh bien, s'insurgea leur chef pour couper court, que faisons-nous ? Nous ne pouvons laisser passer cette intrusion sans réagir !

– Elle déborde de fougue, répliqua Valsens, mais je ne la crois pas une menace pour nous.

« Brave Étienne ! », pensa Roselys en réprimant un sourire. Elle était ravie de s'être trompée sur ses relations avec Hermine, et plus encore qu'il ne souhaite pas épouser Aimée... Bref, cela lui donna des ailes.

– Je peux vous être utile, lança-t-elle. Je vous aiderai de grand cœur à épargner la potence à un innocent, et à mettre Féron hors d'état de nuire !

– Fichtre, ricana le Vénérable. Nous voilà avec une volontaire ! Mademoiselle, on ne rejoint pas nos rangs aussi facilement.

Valsens lui jeta un regard interrogatif. Puis elle l'entendit déclarer avec mesure :

– Je ne trouve pas cette idée si mauvaise. Vous l'avez dit vous-même, Vénérable, nous devons confondre Féron au plus vite afin de sauver le mari de sœur Juliette. Or, Mlle d'Angemont est introduite à Trianon, ce qui n'est pas le cas de sœur Hermine. Elle sait se battre, et a prouvé qu'elle était assez dégourdie pour s'immiscer dans notre réunion.

– Dégourdie ? Stupide plutôt, persifla l'homme. Rappelez-vous que nous n'acceptons que des personnes ayant une profonde motivation. Chacun d'entre nous a subi une grave injustice, ou a vécu un drame qui le pousse à s'engager dans le plus grand désintéressement. Elle n'a rien enduré de tout cela. C'est hors de question.

– De toute façon, elle connaît notre existence, insista Valsens. Utilisons ses talents. Elle me semble parfaite pour cette mission... à condition qu'elle promette silence et obéissance.

– Je le jure ! s'écria Roselys.

– D'accord, soupira l'homme à contrecœur. Et à condition qu'elle ne cherche pas à nous identifier. Nous l'emploierons, le temps de confondre Féron, si frère Lambert y consent.

20

Frère Lambert...

À son réveil, le lendemain matin, Roselys eut la surprise de le trouver au pied de son lit, les deux mains appuyées sur sa canne. Le jour se levait. Elle ne l'avait pas revu depuis cette nuit. Frère Jacquet, le jeune « vas-y-dire », avait été chargé de la raccompagner. Pour un coursier, il n'était ni bavard ni même aimable. À peine Roselys put-elle lui soutirer trois mots !

Par chance, M. de Croisselle ne semblait pas en colère. Elle se redressa sur ses oreillers et s'excusa aussitôt :

— Mon oncle, je vous ai dupé. Je comprendrai si vous me gardez rancune. Et je ferai mes bagages, si vous l'exigez.

Il posa sa canne et boitilla, la jambe raide, jusqu'au fauteuil. Puis il se mit à rire.

— Ne vous ai-je pas affirmé que, souvent, les gens ne sont pas tels que nous les voyons ? Je ne me trompais pas. Vous aussi, vous cachiez votre jeu.

— Pas si bien que cela, répondit Roselys en souriant enfin. M. de Valsens m'a battue.

— Non sans mal ! dit-il avec un rien de fierté. Dieu, quel combat ! Et quelle surprise lorsque j'ai découvert votre identité. J'ai d'abord cru que vous m'aviez suivi, mais Étienne ne cessait de clamer que c'était lui que vous surveilliez.

— C'est exact. Je le pensais indigne de ma cousine. J'en voulais la preuve.

M. de Croisselle hocha la tête.

— Cela partait d'un bon sentiment, mais vous aviez tort. Roselys, il n'est pas question que vous nous quittiez. Que deviendrait la reine, qui a besoin de vos services ? Et Aimée, qui vous apprécie tant ? Et moi, qui devrais supporter seul votre tante après votre départ ? Par pitié, restez ! ajouta-t-il d'un ton qui frisait la plaisanterie.

Après un soupir, la jeune fille promit :

— Jamais je ne trahirai votre secret. J'en fais le serment. Mon oncle... j'aimerais aider M. de Valsens. Le Vénérable est d'accord. Puis-je ?

Après une longue hésitation, il acquiesça :

— Cela risque d'être dangereux, mais je vous crois capable de réussir. Vous connaissez notre but ? Il est important que nous nous débarrassions de ce Féron. Cet escroc ne se contente pas de voler les impôts, il fait pendre des innocents pour les spolier de leurs biens. Moi non plus, Roselys, je ne trahirai pas votre secret.

Trois heures plus tard, la jeune fille se présentait à Trianon avec Aimée.

— Vous arrivez bien trop tôt, lui lança M. Bonnefoy du Plan. Sa Majesté prend sa leçon de comédie et de chant.

Comme elles semblaient étonnées, il expliqua :

— Deux acteurs de renom, Caillot et Dazincourt, apprennent à la reine à poser sa voix. Elle y prend grand plaisir. En attendant, pourquoi n'allez-vous pas vous promener ? M. Campan viendra vous chercher.

Elles se dirigèrent vers le jardin anglais, où une nuée de jeunes gens s'amusait à colin-maillard. Roselys y reconnut aussitôt Valsens qui lui adressa un discret hochement de tête.

Pour l'heure, le comte d'Artois, yeux bandés, tournait, bras tendus, dans le cercle de joueurs qui se bousculaient en criant. Il finit par saisir le bras de Louise, qu'Aglaé venait de pousser vers lui.

— Qui est-ce ? clama-t-il.

Puis il passa doucement ses doigts sur son visage, s'attarda sur sa bouche, et commenta :

– Peau douce, lèvres fermes... ce n'est ni ma tante Adélaïde, ni tante Sophie, ni tante Victoire... Sourcils fins, pas de moustache, odeur délicate... ce n'est pas ma belle-sœur la comtesse de Provence non plus...

On se mit à rire sans façon, « Mesdames tantes », les filles célibataires du feu roi Louis XV, étaient vieilles et revêches. Quant à la comtesse, elle ignorait la pâte à épiler et utilisait peu de savon, estimant que la grandeur de sa naissance la dispensait de faire des efforts de toilette. Elle entendait rester telle que Dieu l'avait faite.

Louise ne put s'empêcher de trembler lorsque les mains princières glissèrent de son cou à sa poitrine, puis enveloppèrent sa taille. Roselys et Aimée la virent tenter de se soustraire aux doigts trop insolents, sans succès.

– Taille fine, pouls rapide... Voilà une jeune personne bien émotive ! Bichette ? demanda-t-il, tandis que la joyeuse troupe criait de plus belle.

Il ôta le foulard de ses yeux et fit face à Louise avec un regard presque étonné. Puis il lui souffla :

– Ne craignez rien, madame, je ne suis pas dangereux. Je ne mange pas les petites filles.

Mais elle s'écarta, le feu aux joues. L'arrivée de ses deux amies lui fournit l'excuse pour quitter le jeu.

– Voulez-vous voir votre rosier ? proposa-t-elle d'une voix tremblante à Aimée.

— J'en serai heureuse. A-t-il été arrosé ? s'inquiéta-t-elle. Prend-il bien racine ? Je crains fort les pucerons.

— Allez-y, fit Roselys. Je reste jouer, cela a l'air fort drôle.

À peine les deux amies parties, Étienne de Valsens se dirigea vers elle. Il la salua et lui glissa entre ses dents :

— Souriez... Tâchez d'être aimable... Prenez mon bras, et marchons. Faites semblant de m'apprécier. Je dois vous parler.

Valsens avait retrouvé sa coiffure poudrée en rouleaux, ses bas de soie et son justaucorps brodé. Devant elle se tenait un parfait courtisan, qui ne ressemblait en rien à l'homme qui l'avait assommée cette nuit. Au souvenir de son évanouissement, elle tâta son crâne de la main. Nicole, ce matin, s'était étonnée en la coiffant de la grosse bosse qui pointait sous ses cheveux. Elle avait dû inventer une chute dans le noir en se rendant à la garde-robe.

— Vous avez mal ? s'inquiéta Valsens.

— Vous cognez dur.

— Je suis désolé.

— J'en ai vu d'autres, répondit-elle.

Ils prirent un sentier et gagnèrent le bord de la petite rivière. Quelques canards y nageaient au milieu des nénuphars.

— Vous aussi, reprit Valsens.

— « Vous aussi » quoi ?

— Vous aussi, vous cognez fort. Vous avez manqué me casser les tibias. Où avez-vous appris à vous battre ?

Ils en étaient donc au chapitre des confessions ? Elle sourit de plus belle et raconta :

— Comptez un père capitaine de dragons et son ordonnance, le meilleur bretteur de son régiment. Ajoutez l'aînée de cinq filles, un garçon manqué qui ne tient pas en place... et vous aurez votre servante. Je manie l'épée et je monte à cheval depuis que je sais marcher.

Et, confidence pour confidence, elle osa :

— Et vous ? Qu'est-ce qui vous a poussé à rejoindre les Enfants de Thémis ?

— Aucune importance, déclara-t-il en se refermant. Dépêchons-nous, j'ai des consignes à vous donner.

Le libertin n'était plus ni charmeur ni charmant. La main de Roselys se figea sur son bras. Ainsi, l'interrogatoire était à sens unique ? Elle se jura qu'elle ne s'y laisserait plus prendre.

— Je croyais, tenta-t-elle, que nous pouvions nous faire confiance, puisque nous travaillons ensemble.

— Plus tard. Ce soir, une fête est prévue. Tâchez de vous y faire inviter. Féron et sa femme y seront.

Il faut nous attirer leurs bonnes grâces, à l'un comme à l'autre.

Roselys fit la moue. Elle attendait autre chose de cette enquête… Quelque chose, en tout cas, de plus palpitant qu'une conversation feutrée autour d'une assiette de petits fours.

— Pourquoi moi ? répliqua-t-elle sèchement. Votre amie Hermine me paraît rompue aux mondanités et s'en occupera très bien. Tout du moins, bien mieux que moi qui ne suis guère à l'aise dans les salons.

Mais Valsens rétorqua du bout des lèvres :

— Hermine est une artiste peintre de renom. Elle effectue actuellement le portrait de Mme de Féron.

Roselys en resta tout étonnée. La rouquine semblait pourtant issue d'un milieu très aisé. Comme agacé, Étienne expliqua encore :

— Le père d'Hermine possède une charge au Potager du Roi, à Versailles. Sa mère est femme de chambre ordinaire de la comtesse d'Artois. Si elle réside aux Grands Communs du château, elle ne participe pas pour autant aux fêtes de la Cour. Elle n'a pas sa place à Trianon.

Il la tira vers le sentier et commença à rebrousser chemin en direction des jeunes gens.

— Souriez, ordonna-t-il. Guichette nous observe. Ce soir, rendez-vous au buffet.

Puis il se pencha vers elle avec la plus exquise courtoisie pour la saluer, avant de l'abandonner.

– Ah ! le butor ! s'indigna-t-elle en le regardant partir seul.

Elle aperçut alors M. Campan, le bibliothécaire, qui lui faisait signe et partit aussitôt à sa rencontre. Il était temps pour elle de rejoindre la reine.

21

— Eh bien, mademoiselle, s'indigna Marie-Antoinette, alors que Roselys accourait dans le petit théâtre. J'ai failli attendre ! Dépêchez-vous de prendre votre texte, nous avons de l'ouvrage.

La jeune fille s'exécuta, mais un valet annonça Mlle Bertin, la célèbre modiste. La reine l'interpella joyeusement en s'avançant vers elle :

— Ma chère Rose ! Quel plaisir ! Amenez-vous les dessins des costumes ? Je suis si impatiente de les voir !

La trentaine, un rien plantureuse, Mlle Bertin semblait vive et très joviale. Grâce à son talent et à son travail, cette couturière se trouvait à la tête d'une entreprise très florissante. Et, chose incroyable, elle ne dépendait d'aucun homme.

Rose Bertin parlait à la souveraine d'un ton des plus libres, presque d'égale à égale :

– Les voilà, Madame, fit-elle en sortant une liasse de croquis où étaient épinglés des échantillons de tissus. J'ai prévu cette robe de soubrette pour votre rôle de Gotte. Le tablier blanc est très seyant. La jupe de moire bleue, un peu courte, laissera voir vos chevilles... tout en étant décente.

Marie-Antoinette se pencha sur le modèle.

– C'est ravissant, s'enflamma-t-elle. Qu'aurai-je comme coiffure ?

– Un bonnet de coton, naturellement... mais bordé de dentelles.

– Ah...

Puis Marie-Antoinette remarqua Roselys qui patientait debout, le livret à la main. Elle lui lança en soupirant :

– Ne restez pas plantée là ! Ne voyez-vous pas que je suis occupée ? Vaquez donc à quelque occupation et revenez dans un moment.

Après une courbette, Roselys sortit du théâtre en bougonnant. Les grands en prenaient à leur aise ! L'avoir fait courir, pour la renvoyer quelques instants plus tard ! Était-elle comme une domestique, corvéable à merci ?

Elle s'installa dans l'herbe, au pied d'une futaie, et entreprit de relire le texte.

Entre les taillis, elle remarqua un groupe de courtisans qui arrivait par le passage couvert. Ce treillage de bois, au toit de toile, était très apprécié des dames les jours de grand soleil, car il leur permettait de marcher à l'ombre et de préserver la blancheur de leur teint.

— Rose Bertin, et maintenant la Troupe des Seigneurs ! pesta Roselys de plus belle. La répétition n'est pas près de débuter !

Il y avait Yolande de Polignac, encadrée par le comte d'Adhémar et M. de Vaudreuil. Rien que de très normal... Lorsqu'elle aperçut derrière eux M. de Féron, ce qui l'était moins.

Le fermier général avait donc réussi à se concilier leurs bonnes grâces ? Elle en eut la confirmation peu après, car leur conversation se révéla des plus instructives.

— Lui avez-vous parlé ? demandait Vaudreuil.

— Bien sûr, fit Mme de Polignac. Mais je ne peux l'ennuyer chaque jour par vos requêtes incessantes. La reine finira par se lasser.

— Insistez ! s'exclama Vaudreuil sans tenir compte de son avertissement. Faites en sorte qu'elle réclame au roi le départ de M. de Montbarrey, le ministre de la Guerre...

— Afin qu'il le remplace par M. de Ségur, ajouta le comte d'Adhémar. C'est important.

Mais la belle Yolande protesta :

— Je ne m'occupe pas de politique.

— Forcez-vous ! la réprimanda Vaudreuil. Mont-barrey est incompétent. Quant à Ségur, il nous en sera infiniment reconnaissant. Considérez les avantages que nous en tirerons.

Yolande s'arrêta et soupira. Elle paraissait contrariée.

— N'en avez-vous donc jamais assez ? s'insurgea-t-elle. Le roi paye nos dettes. Il a doté ma fille à l'égal d'une princesse. Je suis en passe de devenir duchesse. Vous-même avez reçu la charge de grand fauconnier... Que vous faut-il de plus ?

— Ségur, ministre de la Guerre, jeta Vaudreuil d'un ton sans appel. Il cherchera de nouveaux fournisseurs pour aider les insurgés américains à s'équiper et nous en aurons la primeur. M. de Féron est disposé à nous prêter de l'argent afin d'acheter des armes que nous revendrons un bon prix au général Washington. Notre mise sera multipliée par quatre.

Le fermier général ajouta aussitôt :

— À condition que j'en touche dix pour cent.

— Je refuse, s'indigna Mme de Polignac.

Mais Vaudreuil commençait à perdre patience. Il était connu pour ses colères, aussi violentes que soudaines, ce dont sa maîtresse se méfiait. Pour faire taire ses scrupules, il lui expliqua avec une fausse douceur :

– Notre plan n'a rien de malhonnête. La guerre s'enlise, Ségur y mettra bon ordre. L'armée américaine, madame, aura besoin, quoi qu'il arrive, de fournitures. Soyons parmi les heureux qui remporteront le pactole. Autant que ce soit nous. Quant à votre « cher cœur », nous avons fait notre métier de la désennuyer. Nous devons supporter ses caprices, son indolence et, oserai-je le dire, sa médiocre intelligence. Cela mérite bien quelques compensations.

Les dernières phrases firent rire le groupe, hormis Yolande qui prit la mouche. Et, quitte à médire, Féron lança sa propre pique, pour montrer qu'il avait choisi son camp :

– Si Louis XVI est assez stupide pour se laisser manipuler...

– Le roi n'est pas stupide ! s'emporta Mme de Polignac à la surprise générale. Il est seulement indécis, et manque de confiance en lui.

– Ce dont nous lui sommes fort reconnaissants, ironisa Vaudreuil. Il se passionne pour les mathématiques, la géographie et... la serrurerie ! Louis XVI n'est pas fait pour gouverner. Ses ancêtres Bourbon lui ont transmis l'amour de la chasse, mais pas celui du pouvoir, ni même celui des femmes ! Vous le pensez intelligent, moi je crois que c'est un balourd, dont il faut tirer profit.

Roselys n'en revenait pas ! Pauvre Louis XVI !

– Quelqu'un…, chuchota le comte d'Adhémar.

Hélas, ils n'étaient qu'à cinq pas d'elle. Sa robe rayée bleu et blanc avait dû attirer leur attention, bien visible au travers du treillis. Impossible de quitter les lieux ! Il lui restait une mince chance de ne pas se faire prendre. Elle s'allongea, et fit semblant de dormir.

Quelques instants plus tard, le bout d'une chaussure cognait la sienne. Roselys bâilla, s'étira et ouvrit les yeux.

– Bonté divine ! sursauta-t-elle en feignant de découvrir les quatre courtisans.

Elle se leva d'un bond.

– Excusez-moi… Seigneur, quelle honte ! Je faisais juste un somme. La reine n'avait pas besoin de moi, se justifia-t-elle. J'ai fort mal dormi cette nuit, à cause de ce violent orage… Par pitié, n'en dites rien à Sa Majesté !

Vaudreuil se contenta de sourire de son embarras, mais Mme de Polignac la rassura :

– N'ayez crainte, la reine n'en saura rien.

– Mademoiselle d'Angemont ? s'étonna Féron en ramassant le livret. Vous révisiez donc *La belle au bois dormant* ? J'aurais tant aimé jouer le prince, pour vous réveiller d'un baiser…

– Voilà qui est fort galant, répondit Roselys comme si elle ne l'avait pas rabroué à leur dernière rencontre.

Valsens et elle devaient soutirer des informations à Féron... Autant commencer dès maintenant à se l'attacher. Elle poursuivit en minaudant :

– Cela ne m'aurait pas déplu d'interpréter la princesse.

Le fermier général n'en parut pas même surpris, tant il était imbu de lui-même.

– Nous reverrons-nous à la fête de ce soir ? demanda-t-il, sûr de sa bonne fortune.

– Hélas non, monsieur, se plaignit-elle. Je rentre à Paris avec ma cousine après la répétition.

Féron se tourna aussitôt vers Mme de Polignac pour quémander :

– Ne croyez-vous pas que mademoiselle mériterait de se divertir avec nous ?

La favorite se mit à rire, avant d'approuver :

– Si cela vous est agréable, elle peut rester, naturellement. J'en fais mon affaire.

– Merci, madame la comtesse, répondit Roselys avec une courbette.

Mais les quatre courtisans avaient déjà repris leur chemin en direction du théâtre.

22

Après la répétition qui avait duré fort tard, Marie-Antoinette avait tenu à contrôler elle-même deux grands décors montés sur des cadres, que les peintres des Menus-Plaisirs[1] venaient d'apporter.

Si elle fut bien contente d'un paysage champêtre, elle n'apprécia guère l'intérieur d'une maison rustique, justement pas assez rustique à son goût. Les ouvriers n'eurent d'autre choix que de promettre une nouvelle toile avec un « rustique authentique », en tout cas tel que l'imaginait la souveraine.

Elle ne lâcha Roselys que pour aller se changer, avant de manger « en famille ».

Cependant, ses invités étaient déjà arrivés, des invités qui admirèrent, non sans raison, les merveilles mises à leur disposition.

---

1. Nom donné à un service de l'administration de la maison du roi qui organisait et préparait cérémonies, fêtes, et spectacles de la Cour.

La reine avait vu les choses en grand. Une tente de coutil, doublée de taffetas bleu, avait été dressée devant le petit château, côté jardin français. Luxueusement meublée, pourvue de lustres, elle permettait d'accueillir à l'aise une bonne cinquantaine de personnes.

On avait pensé à tout, et à tous. Les joueurs se regroupaient autour de tables rondes et les danseurs glissaient sur un parquet de chêne posé sur la pelouse. À l'intérieur, un salon avait été installé dans un recoin, pourvu de confortables fauteuils d'un style nouveau, aux pieds cannelés, qu'on appellerait sans doute un jour « Louis XVI » ou « Marie-Antoinette ».

Aimée, d'humeur chagrine d'avoir dû rester, y boudait sur une bergère fleurie. La douce Louise supportait ses états d'âme avec une patience d'ange qui, hélas, faisait grandement défaut à Roselys.

Aimée avait appris par sa mère qu'elle subirait le « magnétisme animal » du docteur Mesmer, ce qui l'angoissait fort. Elle rêvait de son lit, de sa chambre close, du calme de sa serre... Bref, d'être ailleurs pour y cacher son inquiétude.

— La princesse de Lamballe, qui est sujette aux évanouissements, se soigne chez ce Mesmer, lui apprit Louise. Elle en dit le plus grand bien. Cela ne fait pas souffrir. Vous serez parcourue de picotements étranges, qui vous libéreront de vos émotions.

— Je n'ai pas envie d'être libérée !

Louise regarda Roselys d'un air navré. Dès qu'elle le put, cette dernière leur faussa compagnie pour partir à la recherche de Valsens.

Sous le grand auvent, un buffet avait été disposé sur des tables juponnées de tissu, et garnies de chandeliers à pampilles de cristal. Bon nombre de gourmands s'y bousculaient.

Roselys y retrouva le jeune homme qui ne s'étonna pas même de sa présence. Sa suffisance commençait à irriter la jeune fille. Allait-il lui dévoiler une nouvelle facette de son caractère ? Après avoir été bellâtre, spadassin, charmeur, libertin et espion, voilà qu'il jouait les blasés hautains !

— M. et Mme de Féron, lui annonça-t-il, sont assis à une table de jeu. Elle, c'est la jolie femme brune vêtue de jaune.

— Celle à la coiffure surmontée de plumes ? Diantre ! tenta de plaisanter Roselys, je n'avais encore jamais vu de serin couvert de bijoux... Elle ne possède pas de coffre, qu'elle tienne à les porter tous en même temps ? Et ce gros tas d'or avec lequel elle mise... Cela fait un peu « m'as-tu-vu », non ?

— Isabelle de Féron est riche. Ce qu'elle aime, c'est le montrer. Elle est aussi sotte que futile.

— Je l'avais compris, répliqua-t-elle sèchement. Excusez-moi, je pensais être drôle. Quel plan avez-vous prévu ?

Il parut surpris par son ton froid, et il poursuivit, moins sérieux :

— Je m'en vais caresser les plumes de notre serin des Canaries, jusqu'à ce qu'il roucoule, et qu'il me livre des informations.

— Vous ne doutez de rien ! Les serins roucoulent donc ? s'étonna-t-elle ensuite. Il eût mieux valu que ce fût un perroquet... Elle aurait parlé plus rapidement. Enfin, soupira-t-elle, j'espère qu'elle vous trouvera irrésistible. Et moi ? Que voulez-vous que je fasse ?

— J'aimerais que vous attiriez l'attention de son mari.

— Dois-je le caresser dans le sens du poil jusqu'à ce qu'il ronronne ?

Un début de sourire remonta le coin des lèvres de Valsens, mais il se reprit très vite :

— Je ne vous en demande pas tant. Contentez-vous de le tenir éloigné de sa femme.

Roselys observa un instant Mme de Féron.

— Elle a l'air charmante, et pourtant son mari ne cesse de courtiser tous les jupons qui passent.

— La seule chose qui les réunit, c'est l'argent. Pour certains couples, le mariage est une calamité...

— Oh ! la vilaine phrase ! lança la voix d'Aglaé dans leur dos.

Elle les poussa pour accéder au buffet, se saisit d'une pâtisserie surmontée de crème fouettée et leur fit face, ses beaux yeux noisette pétillants de malice.

– Je ne connais rien de mieux que le mariage, badina-t-elle. Je ne vois que rarement mon époux et je m'en porte très bien... À propos de mari, celui de Louise est invité. Il jouera du violon.

Elle mordit dans le gâteau, laissa échapper un « mumm » empli de délices et enchaîna :

– Bien sûr, il faut aimer le violon... Louise en est folle. De son mari, je veux dire, pas du violon. Je me demande bien pourquoi. Mon oncle est d'un fade ! N'est-ce pas drôle ? L'époux de Louise étant le frère de ma mère, je suis donc devenue la nièce de mon amie...

Puis, sans même reprendre son souffle, elle poursuivit avec entrain :

– Hier soir, nous sommes allés nous promener sous l'orage. Le déchaînement des éléments était grandiose... Eh bien, mon oncle, au lieu d'en profiter pour conter fleurette à Louise, s'est mis à crier qu'il allait gâter son habit ! Il nous a plantées là, et il est rentré se mettre à l'abri. Et Louise s'est enrhumée !

Valsens, visage crispé, semblait agacé par ces futilités. Après une courbette, il s'éclipsa en direction des tables de jeu. À peine hors de voix, Aglaé se moqua :

– Heureusement qu'il ne vous intéresse pas. À vous voir, on pourrait croire le contraire. Et ce soir, je vous retrouve à parler mariage...

Elle pouffa, ce qui fronça son joli petit nez. Roselys la reprit aussitôt :

– Vous vous trompez. Nous discutions...

– De ses prochaines fiançailles avec Aimée ? la coupa Aglaé d'un air faussement naïf.

– Elles ne sont plus à l'ordre du jour.

– Ainsi, M. de Valsens est libre pour vous.

– Qu'allez-vous imaginer ? s'indigna Roselys.

– Ah ça, mais...

Aglaé s'arrêta tout à coup, enfourna une nouvelle bouchée de gâteau tout en réfléchissant. Puis elle lança au grand étonnement de Roselys :

– À vrai dire, je crois bien que M. de Valsens a déjà été fiancé...

– Oh ? Vraiment ? En êtes-vous certaine ?

– J'ai entendu ma mère en parler. Vous savez ce que c'est, dans les salons, chacun y va de son ragot.

Oui, Roselys l'avait remarqué. L'échange de commérages, de sarcasmes, voire de médisances, faisait le quotidien, et le plaisir, des courtisans.

Après un instant de silence, elle tenta :

– Pourriez-vous vous renseigner pour moi sur ces fameuses fiançailles ?

Aglaé lui adressa un clin d'œil complice.

– Laissez-moi vingt-quatre heures, et je vous en dirai tout.

La petite duchesse paraissait sûre d'elle. Mais il est vrai qu'aucun potin ne lui échappait. Aussi Roselys poursuivit :

– Et... connaissez-vous une artiste du nom d'Hermine...

– Hermine Charvey ? Oui, bien sûr. C'est la protégée de Mme Vigée-Lebrun, le peintre préféré de la reine. Mme Charvey est une veuve qui s'est fait une spécialité de portraits de dames et d'enfants. Elle a beaucoup de succès. Vous aimeriez vous faire peindre ?

– Pourquoi pas. Elle est veuve ? Si jeune ?

Aglaé lécha avec application ses doigts enduits de crème, avant de répondre d'un ton désolé :

– Oui, la pauvre. On raconte que son époux est mort le jour même de leurs noces. Vous parlez d'un méchant coup du sort !

Roselys en resta bouche bée.

– Un meurtre ? demanda-t-elle.

– Pourquoi un meurtre ? s'étonna Aglaé. Non. Sans doute était-il malade.

Mais voilà que la coquine se penchait vers elle pour lui glisser :

– Ce grossier de Féron vient tout droit ici. Si nous entamons tout de suite un rapide demi-tour, nous pouvons encore lui échapper. Vite, filons !

Quelle ne fut pas sa surprise de voir que Roselys, au contraire, accueillait le goujat avec une mine ravie :

— Monsieur de Féron ! Que diriez-vous de m'inviter pour ce menuet ?

23

Trois danses plus tard, son cavalier l'entraînait vers le buffet. Il adressa un signe de la main à son épouse assise sous la tente, qui le lui rendit avec exubérance.

Valsens avait un bras négligemment posé sur le dossier de sa chaise et sa tête frôlait ses plumes jaunes avec complicité. Si le mari ne s'offusqua pas de cette proximité douteuse, Roselys ne put retenir une grimace... de dépit. «Non, se reprit-elle, pas de dépit, de colère. Dire que Valsens la forçait à subir la présence de ce malappris, alors que lui-même semblait passer une excellente soirée avec Isabelle de Féron. Et leur mission? L'oubliait-il?»

– Du champagne?

Le financier lui tendit un verre qu'elle accepta. Ses doigts en profitèrent pour la frôler plus que nécessaire. Roselys, malgré sa répulsion, se mit à rire, comme ravie de cette approche grossière.

— Parlez-moi de votre activité de fermier général, lui demanda-t-elle.

— Quelle question curieuse de la part d'une jeune fille !

— Non point. Vous êtes un homme d'un grand pouvoir, le flatta-t-elle. Vous collectez les impôts pour le roi, mais... vous en prélevez une part pour vous-même, n'est-ce pas ?

— Naturellement. C'est là tout l'intérêt de ma profession. Nous sommes peu nombreux à bénéficier de ce privilège fort rentable... Parlons d'autre chose... Allons nous promener, la nuit embaume les roses, Trianon en est plein. La lune est merveilleuse, la musique nous accompagnera...

Cette piètre poésie n'enthousiasma pas Roselys. Cependant, il attendait qu'elle se pâme et elle gloussa comme le faisait Aglaé :

— Que c'est charmant ! Une promenade ? Non, plus tard ! Si nous retournions plutôt danser ?

Mais il lui saisit la main avec une telle insistance que, prise de panique, elle ne trouva d'autre feinte que de renverser son verre sur son luxueux justaucorps rebrodé de soie.

— Que je suis maladroite !

Féron serra les dents. S'il était furieux, il le montra à peine. Il ouvrit sa longue veste, tira un mouchoir du gilet qu'il portait au-dessous, et épongea les dégâts.

— Ce n'est rien, jeta-t-il avec un air qui disait le contraire. Le champagne ne tache pas.

Pendant que Roselys se confondait en excuses, elle observa son gilet... Plusieurs papiers sortaient d'une poche, dont un couvert de chiffres.

Le sang lui monta au visage. Elle se tourna un instant vers Étienne de Valsens, comme pour savoir ce qu'elle devait faire.

Ah ! le bougre ! Le félon ! Le débauché !

Le jeune homme avait les yeux plantés dans le décolleté d'Isabelle de Féron. Sa main entourait sa taille, sa bouche frôlait son oreille, tandis que le joli canari minaudait derrière son jeu de cartes...

— Le traître ! enragea tout bas Roselys.

— Pardon ?

— Est-ce sec ? reprit-elle avec un sourire.

— Presque.

« Hélas, pensa-t-elle, elle ne devait plus compter sur Valsens, il avait succombé au charme de la belle brune. Lui qui croyait avoir affaire à une sotte ! Mais peut-être aimait-il les riches idiotes, les femmes légères à la vertu vacillante ? Après tout, il n'était pas l'ami du comte d'Artois pour rien, un licencieux sans moralité. »

À Paris, l'adultère et le libertinage semblaient monnaie courante et ne choquaient pas grand monde, hormis les campagnardes comme elle.

Elle prit une profonde inspiration : « la mission reposait à présent sur ses épaules, se dit-elle en lorgnant sur les documents qui dépassaient du gilet... Comment les subtiliser sans qu'il s'en rende compte ? » Mais voilà que le malotru glissait des doigts possessifs sur sa hanche.

— Les dégâts sont réparés, annonça-t-il avec un sourire. Allons nous promener.

Hélas ! Elle dut s'exécuter. À peine à l'abri des regards, Féron commença ses tentatives d'approche.

— Je vous ouvrirai les portes d'un monde de plaisir dont vous ignorez l'existence, lui déclara-t-il avec des trémolos dans la voix.

La subtilité n'était pas son fort. Elle savait de quoi il voulait parler, et elle n'était aucunement décidée à le suivre sur ce chemin. D'ailleurs, s'il passait à l'acte, elle était déterminée à se défendre.

Elle réfléchit. Peut-être le laisserait-elle lui dérober un baiser. Cela lui permettrait de saisir les papiers... Cependant, la seule idée du contact de ses lèvres sur les siennes lui donnait la nausée. Non, il fallait imaginer autre chose... Et vite.

— Prenons le sentier qui mène au temple de l'Amour, lui proposa-t-elle d'un air alangui. C'est un si bel endroit. Vous pourrez m'y déclamer des poèmes... Vous êtes si doué en poésie !

Féron ricana. Il devait la trouver parfaitement stupide, en trois mots : une proie facile.

Lorsqu'ils furent arrivés, Roselys observa les lieux. Que pouvait-elle inventer pour lui voler ses documents ? Mais les mains du financier encerclaient sa taille. Elle ne dut son salut qu'à un méchant coup de talon sur son pied.

– Aïe ! s'écria-t-il. Qu'est-ce qu'il vous prend ?

– Rien... J'ai buté sur une pierre... Venez, lui dit-elle ensuite, jouons à chat.

C'était profondément puéril, pourtant il accepta, pensant que ce jeu serait sans doute le prélude à d'autres, plus à son goût.

Roselys courait, zigzaguait entre les piliers d'albâtre, descendait et remontait les marches en tenant ses jupes et en riant. Féron commençait à s'essouffler, c'était parfait.

– Oh, le vilain, qui ne peut m'attraper ! lui lança-t-elle d'une voix moqueuse.

Alors qu'il allait la saisir, elle s'esquiva et lui fit un malencontreux croche-pied. Il dévala rudement les escaliers, et tenta sans succès de retrouver son équilibre. Il finit sa course en s'affalant au bord de l'eau, à un doigt du rosier d'Aimée. Par chance, le malotru ne l'écrasa pas, ce qui aurait causé beaucoup de peine à son inventrice !

— Avez-vous perdu la raison ? s'emporta Lucien de Féron en tentant de se relever.

— Vous êtes-vous blessé ?

Roselys se pencha pour le secourir. Mine de rien, elle en profita pour glisser ses doigts dans la poche du gilet. Elle en sortit les documents, qu'elle s'empressa de faire disparaître dans son décolleté.

À peine s'était-il remis sur ses deux jambes que Roselys s'exclama :

— C'est vous le chat !

Et elle le poussa violemment. Ce qui devait arriver arriva. Le financier tomba à l'eau en lançant un cri d'effroi. Sa tête refit surface, et il se mit à tousser.

— Aidez-moi à regagner la berge, pauvre sotte !

Elle s'agenouilla et lui tendit la main. Il était trempé, la perruque dégoulinante, avec son beau justaucorps couvert de vase... À peine Féron remonté sur la berge, elle s'écarta.

— Dieu que vous êtes maladroit ! lui assena-t-elle pour toute excuse. C'est fini, je ne jouerai plus avec vous.

L'homme chercha vainement à remettre de l'ordre dans sa tenue. Il se sentait aussi ridicule qu'il était furieux. Du bout des doigts, il tenta d'ôter la boue nauséabonde de ses vêtements et, trouvant la poche de son gilet vide, il s'affola :

– Mes papiers !

– Quoi, vos papiers ? s'étonna Roselys. Vous avez dû les perdre pendant votre plongeon. C'est malin ! poursuivit-elle sans une once de compassion. Avez-vous vu comme vous êtes dégoûtant ? Ne vous approchez pas de moi, vous risquez de gâter ma robe !

– Mais, s'indigna-t-il, je ne peux rester dans cet état. Que vont penser les invités ?

– Ne bougez pas, proposa Roselys. Je cours prévenir M. Bonnefoy, le concierge. Il aura bien une serviette et des vêtements secs à vous prêter...

Et elle s'enfuit sans demander son reste !

24

À son retour sous la tente, une musique douce couvrait à peine les rires des danseurs et des joueurs. La reine, magnifiquement parée de dentelles, de plumes et de bijoux, jouait gros à sa table de pharaon en compagnie de Mme de Polignac. Un peu plus loin, le roi discutait debout avec ses deux frères, tandis que Mesdames, leurs tantes, faisaient cercle au salon avec les comtesses de Provence, d'Artois et la jeune Madame Élisabeth.

Roselys s'avança vers les tables de jeu. Hélas ! Étienne de Valsens et son canari ne s'y trouvaient plus.

Les mains sur les hanches, elle sentait la colère monter en elle. Valsens l'avait-il plantée là pour aller musarder dans les bosquets ?

— Il est insupportable, enragea-t-elle.

— Vous me cherchiez ? dit-il dans son dos, ce qui la fit sursauter. La famille royale a fini de souper au château et vient de rejoindre les invités de la reine. Je suis allé saluer le roi. En général, il ne reste pas. Ces soirées l'ennuient. Il aime se coucher tôt, pour partir à la chasse dès l'aube.

Mais, pour l'heure, Roselys se moquait bien de l'emploi du temps de Louis XVI ! Étonnée de voir Valsens seul, elle s'inquiéta d'un ton rogue :

— Où est la belle Isabelle ?

— Partie se repoudrer le nez, lui répondit-il en l'entraînant à l'écart. Nous avons cinq minutes pour parler. Et vous ? Qu'avez-vous fait de son mari ?

Roselys se mit à ricaner :

— Je lui ai infligé une leçon qu'il n'est pas près d'oublier. Je peux vous assurer que, dorénavant, il réfléchira à deux fois avant de faire des avances à une jeune fille.

Elle prit ensuite le plus grand des plaisirs à lui rapporter la scène du temple de l'Amour.

— Ce plongeon lui aura rafraîchi les idées, conclut-elle. Quant à moi, je me suis enfuie avec ses papiers.

— Donnez-les-moi.

L'ordre était si sec que Roselys n'eut aucune envie de s'exécuter.

— Et vous-même, demanda-t-elle comme si elle n'avait pas entendu, qu'avez-vous pu soutirer à Mme de Féron ?

À son grand déplaisir, Valsens tendit la main, mais ne répondit pas. Elle le tança d'un ton froid :

— Monsieur, je commence à être fatiguée de poser des questions sans jamais obtenir de réponses. Peut-être devriez-vous y réfléchir, si vous souhaitez poursuivre notre collaboration.

Il ne put retenir un froncement de sourcils.

— Vous semblez prendre ceci comme un jeu, mademoiselle. Pourtant il s'agit d'une très sérieuse affaire où un homme risque le gibet. Oubliez-vous votre promesse d'obéir et de vous taire ?

Cependant, Roselys ne rendit pas les armes.

— C'est exact. Mais je vous certifie que vous n'obtiendrez ces papiers qu'après m'avoir répondu.

Valsens croisa les bras et raconta enfin :

— Mme de Féron ne paraît pas au courant des escroqueries de Lucien. Après quelques verres, quelques minauderies et quelques baisers, elle m'a appris que son époux gardait beaucoup d'or dans un coffre, dans son bureau. Il en cacherait la clé derrière son portrait.

Roselys resta stupéfaite. La belle Isabelle était sûrement très confiante, ou très amoureuse, pour avoir livré tant d'informations !

— Cela ne vous pose aucun cas de conscience ? s'indigna-t-elle. Ce soir, vous avez joué sans scrupules avec les sentiments de cette femme.

— N'avez-vous pas fait de même avec son époux ?

— Certes pas ! Je ne lui ai rien promis, et surtout rien donné.

— Vous êtes bien jeune, la reprit-il. Vous ne savez rien du libertinage qui se pratique dans ce monde. Les sentiments sont faux. Ces gens ne recherchent que du plaisir, et personne ne prend au sérieux les mots prononcés. Les serments éternels ne durent que quelques minutes, les déclarations enflammées s'éteignent aussitôt dites. Je peux vous assurer que Mme de Féron ne souffrira pas. Et sans doute même que demain, une fois dégrisée, elle aura oublié jusqu'à mon existence.

La mélodie d'un violon solitaire s'éleva. Roselys et Valsens se retournèrent. Sous la tente, Denis de Polastron jouait devant les invités et la famille royale. C'était un beau jeune homme de dix-huit ans. Au premier rang, son épouse Louise le contemplait avec adoration.

— Voyez, lança Roselys. Toutes les dames ne sont pas si fourbes. Louise aime son époux, il n'y a rien de faux dans ses sentiments.

Mais Valsens observait le comte d'Artois... qui ne lâchait pas Louise des yeux. Le frère du roi avait l'air profondément surpris... et attendri ? Oui, peut-être. Aglaé, jalouse, finit par le secouer par le bras, comme pour le distraire de sa vision.

– Guichette assure sa prise, railla Valsens. Elle ne mettra guère de temps à tromper son Guiche. La Cour en fait des gorges chaudes et prend déjà des paris. Quant à Bichette, je reconnais qu'elle est la sincérité même.

Il poussa un soupir et tendit la main.

– Les papiers.

Elle se détourna pour les extraire de son décolleté, ce qui lui arracha un sourire. Il ne put retenir un cri de surprise à leur lecture.

– Alors ? s'écria-t-elle avec impatience.

– Vous avez fait mouche ! De l'or lui a été livré. Il provient de la gabelle. Voyez ces chiffres, ils correspondent à ce qui a été volé, ville par ville. Il y a aussi une liste de riches bourgeois, avec le détail de leurs biens. Il envisage sûrement de les spolier, ainsi qu'il l'a fait pour la famille de Juliette... Hélas, le courrier n'est pas signé et le nom de Féron n'y figure pas. L'information est intéressante, mais ces documents ne suffiront pas à sauver du gibet ce pauvre Girard.

– Prévenons les autorités.

– Je ne m'y risquerai pas ! M. Lenoir, le lieutenant général de police, est un homme fort honnête.

Mais on ne peut pas en dire autant de tous ses commissaires.

Roselys le regarda avec étonnement. Elle avait du mal à y croire et il expliqua :

— Les Enfants de Thémis enquêtent sur plusieurs policiers et plusieurs juges soupçonnés de corruption. Hermine pourrait vous en raconter long...

Il se tut brusquement, comme s'il regrettait ce début de confidence, et il se mordit les lèvres.

— Eh bien, proposa-t-elle, rendons une petite visite nocturne à Féron. Nous savons où se trouve son coffre. Les preuves seront dedans. Demain soir, par exemple ?

— Êtes-vous sérieuse ?

— Très. Finissons cette mission en beauté. Volons son or et ses papiers !

25

La matinée du jour suivant sembla à Roselys d'une longueur désespérante. Tout d'abord, Aimée s'était vue consignée par sa mère. La tante Marie avait obtenu à prix d'or un rendez-vous chez le docteur Mesmer, où elle entendait traîner sa fille contre son gré.

Puis, à son arrivée à Trianon, Roselys constata que Marie-Antoinette n'avait aucune envie de répéter sérieusement : la reine se lança dans des improvisations qui firent rire sa favorite et qu'elle se plut, du coup, à exagérer. Ensuite elle reçut M. Mique, son architecte, à qui elle avait commandé un plan d'eau et une colline surmontée d'un belvédère bucolique de pierre blonde. Un rocher artificiel laisserait échapper un torrent, ce qui serait du plus bel effet. Si elle estima le coût des travaux bien trop élevé, elle finit pourtant par donner son accord.

— Ce belvédère me plaît tant! déclara-t-elle avec bonne humeur. Ce gracieux petit pavillon octogonal me servira de salon, l'été. Tant pis pour l'argent, le roi m'aidera à payer. Il le fait toujours. Mais le rocher est encore bien laid... Monsieur Mique, réfléchissez à un autre dessin.

L'architecte se courba, sans oser rappeler qu'il en avait déjà présenté... douze avant celui-ci, que la souveraine avait refusés.

Elles s'étaient enfin mises au travail, lorsqu'elles furent interrompues par M. Bonnefoy qui était, hélas, porteur d'un message bien alarmant:

— Votre Majesté, c'est la gouvernante des Enfants royaux[1]... Madame votre fille...

Marie-Antoinette poussa un cri d'effroi.

— Eh bien quoi, ma fille?

La petite princesse Marie-Thérèse, âgée d'un an et demi, résidait à Versailles avec sa gouvernante et sa nourrice.

— Elle souffre de convulsions, poursuivit le concierge. À cause de ses dents...

— Faites-moi préparer une voiture, vite! ordonna la reine, les larmes aux yeux.

---

1. La gouvernante est choisie parmi la haute noblesse, elle était chargée de l'éducation des enfants du couple royal, jusqu'à sept ans pour les garçons et, pour les filles, jusqu'à leur mariage ou à leur entrée au couvent.

— Elle est déjà prête, Madame.

— Merci, monsieur Bonnefoy. Que ferais-je sans vous ! Venez-vous, mon cœur ? demanda-t-elle à Mme de Polignac.

Puis elle se tourna vers les trois jeunes filles.

— Plus de théâtre pour aujourd'hui, je coucherai ce soir à Versailles.

Roselys, Aglaé et Louise les accompagnèrent jusqu'à la voiture avec maintes paroles réconfortantes. À peine les deux femmes éloignées, Aglaé prit le bras de Roselys pour lui souffler :

— J'ai des choses à vous apprendre.

— Oui ?

— M. de Valsens a bien été fiancé voilà un an. Il y a eu un scandale.

Ses yeux brillaient. Le dernier mot semblait particulièrement l'émoustiller.

— Un scandale ? répéta Roselys.

— Oui... Énorme ! Mlle de Costebelle s'est enfuie avec un galant.

— Costebelle, dites-vous ?

— Oui. Une famille modeste. Leurs deux filles ont été éduquées à Saint-Cyr. Le père a une charge au Potager. La mère est femme de chambre de...

— La comtesse d'Artois ? finit Roselys.

Valsens lui avait parlé de ces gens, mais pour évoquer une autre personne. Aglaé acquiesça :

– C'est cela même. Les parents en ont subi une humiliation sans nom. Et M. de Valsens, le fiancé abandonné, a dû avaler bien des couleuvres.

– Ils ont deux filles, poursuivit Roselys avec un sourire. La seconde, n'est-ce pas Mme Hermine...

– Charvey ! Le monde est petit ! Nous parlions justement d'elle hier.

Ainsi Étienne et Hermine étaient pour ainsi dire beau-frère et belle-sœur...

Elle ressassa l'information tout au long du voyage de retour vers Paris. Dans la voiture, malgré les cahots et la chaleur, elle ne cessa de réfléchir aux mots du Vénérable : tous les membres de Thémis avaient subi une grave injustice, ou surmonté un drame, qui les avait poussés à s'engager.

Qu'avaient vécu Valsens et Hermine Charvey ? Roselys imagina bien des histoires ! Étienne cherchant à se venger de sa fiancée volage... Hermine luttant contre le médecin incompétent qui n'avait pas su sauver son époux... « Et plus encore, se demanda-t-elle, quelle était la raison de son oncle ? »

Parvenue à l'hôtel, elle croisa sa tante et sa cousine qui s'apprêtaient à sortir. Un vent glacial semblait les avoir réfrigérées. Aimée montrait un visage décomposé et gardait les yeux baissés.

– Cessez vos simagrées ! la houspilla sa mère. C'est pour votre bien.

Puis elle lança à l'attention de Roselys tout en enfilant ses gants :

— Aimée sera bientôt débarrassée de sa timidité.

Roselys regarda son oncle. Il n'approuvait pas, c'était évident. D'ailleurs, il déclara :

— Je ne laisserai pas ma fille entre les mains de cet individu sans le surveiller. J'y vais aussi.

— Vos soupçons sont stupides, le reprit vertement sa femme. Mesmer n'a rien d'un charlatan. Il est protégé par le médecin du comte d'Artois. N'est-ce pas un gage d'honorabilité ?

L'oncle Lambert ne répliqua pas. La tante Marie, sûre de lui avoir cloué le bec, afficha un sourire de victoire. Il se contenta de soupirer et se tourna vers sa nièce pour lui annoncer :

— J'ai reçu une lettre de vos parents. Voulez-vous la lire ? Elle est dans mon bureau.

— Bien sûr.

D'ordinaire, sa famille lui écrivait directement. Y avait-il un souci à Angemont ?

— Il n'y a aucun courrier, avoua son oncle une fois à l'abri des oreilles indiscrètes. J'ai des informations à vous communiquer. Étienne nous a fait part de votre projet de cambrioler le domicile des Féron. Malgré le risque, Thémis l'a approuvé. Hélas, je ne pourrai y participer, ajouta-t-il en montrant sa jambe raide, mais le Vénérable a pris des mesures afin de vous faciliter la tâche.

Roselys jubila en son for intérieur. Ainsi, elle allait de nouveau faire équipe avec Valsens, pour une mission autrement plus sérieuse que ce marivaudage grotesque de Trianon.

— Les Féron sont invités à l'Opéra, expliqua son oncle.

— Bien.

— Étienne connaît leur maison pour y avoir été reçu à de nombreuses reprises. Frère Jacquet livrera de l'alcool aux communs. Notre jeune « vas-y-dire » sait être fort convaincant, il fera boire les serviteurs. Ainsi, vous aurez plus de chances de ne pas être remarqués.

— Parfait.

— Naturellement, si vous êtes pris...

— Nous ne le serons pas, le rassura-t-elle.

Il se leva et lui pressa les épaules d'un geste plein d'affection.

— Dieu vous entende. À présent, je dois partir chez Mesmer.

— Puis-je venir ? l'arrêta Roselys. J'avoue que je suis curieuse de voir ce fameux « magnétisme animal ».

26

Une foule incroyable se pressait devant le riche hôtel particulier que louait le médecin, place Vendôme.

Par la porte grande ouverte, on apercevait la montée d'escalier en marbre, prise d'assaut par les malades. Ceux qui n'avaient pas rendez-vous attendaient là, patiemment, que le « maître » les reçoive. Les valides soutenaient les handicapés. Certains récitaient des prières, mais ce qu'on entendait surtout, c'était des louanges à la gloire du bon M. Mesmer, qui soignait les pauvres gratuitement et à qui aucune maladie ne résistait.

– Il a rendu la vue à une aveugle, racontait l'un.

– Ma sœur se mourait des écrouelles... Il l'a sauvée ! rapportait une autre. Ce docteur est un saint.

Des « oh » admiratifs vibraient dans le grand hall, aiguisant l'espoir des plus atteints.

« Place ! », ordonna un valet en perruque et gants blancs. Il fit dégager la foule le long de la rampe en fer forgé doré, afin que la famille de Croisselle puisse monter.

Ils entrèrent dans un somptueux salon. Au centre se trouvait une étrange machine, une sorte de grand baquet de bois, duquel sortaient une quinzaine de tiges de métal. Autant de chaises étaient placées autour, permettant aux patients de s'asseoir.

« Des malades de la haute société y étaient déjà installés, surtout des dames, constata Roselys, tandis que des riches curieux se tenaient en retrait le long des murs, discutant à voix basse. » Un individu d'une quarantaine d'années vêtu de satin lilas semblait diriger les opérations. Lèvres épaisses, nez camus, cou de taureau, il expliquait avec un léger accent allemand à un abbé :

— Le magnétisme animal est un fluide qui emplit l'univers. Il sert d'intermédiaire entre les hommes, la terre et les corps célestes.

— Très intéressant, apprécia le religieux.

— Les maladies résultent d'une mauvaise répartition de ce fluide dans le corps humain.

— Et vous la rétablissez grâce à votre baquet ?

— Oui. Je canalise ce fluide qui provoque des réactions chez les malades et les guérit.

L'oncle Lambert glissa à Roselys en ricanant :

– Foutaises que tout cela !

Mais la tante Marie interpella un aide du maître :

– Ma fille est souffrante.

L'assistant, jeune et très beau, prit Aimée par l'épaule pour la conduire au baquet. Morte de peur, elle n'osa pas résister et s'assit en lançant des regards inquiets à ses voisins.

Mesmer donna bientôt l'ordre de commencer. Ses adjoints fermèrent les rideaux et placèrent une longue corde derrière les malades. Un bout fut attaché au baquet qui était empli de bouteilles d'eau rangées tête-bêche, de verre pilé et de morceaux de fer...

– Curieuse invention, chuchota Roselys à son oncle.

Puis une étrange musique s'éleva. Elle sortait d'un drôle d'instrument, un cylindre de verre qui produisait des notes aiguës semblant venir tout droit de l'au-delà...

Mesmer tenait une baguette. Il en toucha plusieurs personnes à l'endroit où elles souffraient. Roselys retint son souffle : les malades, y compris Aimée, se mirent à trembler et à pousser des gémissements. Les assistants les firent s'agripper aux tiges de fer. Puis le phénomène s'accentua... Une femme cria, un adolescent fut pris d'une crise nerveuse, un vieux sanglota, une élégante demoiselle lança un rire de démente. Plusieurs autres émirent des râles, le corps parcouru de soubresauts...

Les assistants couraient pour calmer les plus agités, tandis que la tante Marie, effarée, s'indignait, une main devant sa bouche :

– Ces râles... ces soupirs... ces gens qui se trémoussent... C'est proprement indécent !

L'oncle Lambert, lui, se moquait bien de la décence des râles ! Il ne lâchait pas sa fille du regard.

– Nom de Dieu ! s'écria Roselys. Le bonhomme au visage en lame de couteau !

– Ma nièce ! s'offusqua la tante. Je vous en prie ! N'ajoutez pas le blasphème à ces obscénités.

Roselys n'entendit pas. Avait-elle des visions, comme les malades attachés au baquet ? Non, c'était bel et bien le spadassin, vêtu d'un justaucorps noir de bourgeois et d'un tricorne à galon vert. Il traversa la pièce, pour aller parler à l'oreille d'un gentilhomme de l'assistance. Roselys agrippa le bras de l'oncle Lambert.

– L'homme aux cheveux gris, là. Je l'ai surpris à surveiller Hermine et il m'a agressée devant la maison de Thémis !

– Quelles fadaises racontez-vous ? lança Mme de Croisselle. Cette folie serait-elle contagieuse ?

– Taisez-vous ! la rabroua sèchement son époux. Si votre nièce a l'imagination enflammée par ce spectacle navrant, c'est de votre faute !

Il tira Roselys à l'écart et s'inquiéta :

– Un individu nous espionnait ? Et vous n'en avez rien dit ?

– Eh bien oui, pesta-t-elle, j'ai oublié. Sans doute est-ce dû au coup qui m'a assommée... Peu importe. Que doit-on faire ?

Le son aigu du cylindre de verre augmenta, leur mettant les nerfs à vif.

– Je ne peux abandonner ma fille. Et avec ma jambe... Vous, suivez-le.

Sa femme poussa un cri ! Aimée venait de s'effondrer sur sa chaise, les yeux révulsés. L'oncle Lambert se précipita, mais un assistant le repoussa avec un sourire rassurant.

– Ne vous inquiétez pas, la réaction est normale.

Roselys, choquée par la scène, n'osait plus bouger. M. de Croisselle, de retour près d'elle, la secoua.

– Notre espion quitte la pièce !

– J'y vais. Tâchez de savoir qui est l'homme avec qui il parlait.

Elle courut dans l'escalier à sa poursuite. Il était déjà presque en bas ! Elle joua des coudes pour se frayer un chemin et arriva devant la porte d'entrée tout essoufflée.

Le spadassin héla un fiacre, et Roselys n'eut que le temps de grimper dans le carrosse des Croisselle.

– Baptiste ! cria-t-elle au cocher, suivez cette voiture. Ordre de monsieur ! ajouta-t-elle lorsqu'elle comprit qu'il n'était pas décidé à obéir.

Il partit tranquillement au petit trot tandis que Roselys, penchée à la fenêtre, enrageait de voir l'équipage les distancer.

– Plus vite ! Il va disparaître ! le houspilla-t-elle, penchée à la fenêtre, ce qui fit tourner la tête des passants.

Alors que Baptiste s'arrêtait pour contourner un étalage de légumes, elle ouvrit la portière, furieuse, et sauta sans même que le marchepied soit déplié. Le cocher, un instant interloqué, la vit ensuite grimper jusqu'à son banc de conduite.

Ses jupons et sa tournure[1] la gênaient, mais elle s'assit à ses côtés, de force.

– Passe-moi les rênes, ordonna-t-elle. Nom de nom, qu'est-ce qui m'a fichu une tortue pareille !

Il parut si offusqué par les mots et le tutoiement qu'il ne chercha pas à discuter. Roselys attrapa le fouet, desserra le frein et brailla :

---

1. Sorte de coussin empli de crin que les femmes attachaient à leur taille pour gonfler les côtés et l'arrière de leurs jupes.

– Hue !

L'instant d'après elle menait l'attelage d'un geste sûr qui étonna le domestique.

– Qui vous a appris ?

– À la campagne, une fille de soldat sait tout faire. Ai-je une tête à rester au coin du feu, à broder ma tapisserie ? Hue donc ! cria-t-elle aux chevaux. Poussez-vous ! hurla-t-elle ensuite à des ménagères qui discutaient au milieu de la rue. Gare ! Gare !

Elle conduisait si rapidement qu'elle faillit accrocher une carriole de laitier. Un mendiant ne dut le salut qu'à un bond sur une borne cavalière !

– Moins vite, mademoiselle ! supplia Baptiste en s'agrippant à son siège. Nous allons verser !

Mais Roselys ne l'écouta pas. Le fiacre avait tourné en direction du Louvre, elle en fit autant. À présent, elle le suivait de près. Voyant le cocher blême, elle lui rendit les rênes tout en insistant :

– Ne le perds pas de vue, ou ton maître te renverra.

Le fiacre s'arrêta enfin près du Pont-Neuf. Roselys descendit du carrosse tandis que Baptiste poussait un énorme soupir de soulagement.

– Pas un mot à quiconque de cette équipée, demanda-t-elle tout en mettant de l'ordre dans sa tenue. Reste ici. Si je ne suis pas de retour dans une heure, préviens M. de Croisselle.

– Mais monsieur, madame et mademoiselle m'attendent place Vendôme...

– Ils prendront un fiacre.

Et elle fila à la poursuite de l'homme.

27

Il entra dans un cabaret, un de ces anciens estaminets à la porte basse et aux poutres enfumées. Il y faisait sombre comme dans un four ! Roselys, d'abord hésitante, finit par le suivre.

Elle gagna une table de bois grossier, usée et polie par le temps, et s'assit avec prudence sur un tabouret bancal. Le spadassin se trouvait non loin d'elle, attablé près d'une fenêtre devant une chopine de vin. Il regardait au dehors, au travers de petits carreaux verts. Ce n'était pas le paysage qu'il admirait, la rue n'avait aucun attrait. Non, il semblait attendre quelqu'un.

– Eh ! lança une voix guère aimable qui la fit sursauter.

Le cabaretier, un torchon attaché à la taille en guise de tablier, la toisait méchamment.

– On sert pas les filles seules, ici, annonça-t-il d'un ton de dogue. J'veux pas d'ennuis avec les argousins. Va racoler ailleurs !

Roselys rougit. Il la prenait donc pour une fille des rues ? Il est vrai que les dames ne fréquentaient pas les débits de boissons, tout du moins pas les dames bien élevées.

– Monsieur, vous m'insultez. J'attends mon... fiancé, qui m'a donné rendez-vous ici. Veuillez me servir un verre d'eau, je vous prie.

– De l'eau ? Vous voulez rire ?

– En ai-je l'air ? jeta Roselys d'un ton pincé. De l'eau. Et pas de la Seine, elle est pourrie. De l'eau de source, en bouteille...

Tandis qu'elle parlementait, un client entrait. Du coin de l'œil, la jeune fille le vit s'asseoir près du spadassin. Elle se débarrassa promptement du patron.

– Bon, donnez-moi un verre de vin, et qu'on n'en parle plus.

Le cabaretier reparti, elle tendit l'oreille. Par chance, les deux compères conversaient librement. Le spadassin déclara au nouveau venu :

– Les choses avancent... Langlade va ouvrir son cabinet. Nous pourrons bientôt faire de nouveaux adeptes.

– Parfait. Et qu'a donné la surveillance ?

— J'ai joué de malchance, commissaire. Je suis tombé par hasard sur une confrérie, rue du Pavillon-du-Roi.

Commissaire ? s'étonna Roselys. Le spadassin travaillait donc pour un policier ? Qui surveillait-il ? Hermine ? Valsens ? Ou les deux, peut-être...

— Une confrérie ? répéta l'autre. De quel genre ? Philosophique ou de bienfaisance ?

— Philosophique, je dirais. En tout cas, secrète. Masques et mot de passe, vous voyez le genre...

— Je vais me renseigner. Degrenne, cessez cette filature. On m'a donné d'autres ordres pour vous.

Le spadassin acquiesça et le policier sortit de sa poche un petit papier plié qu'il posa sur la table. Degrenne, puisque tel était son nom, le glissa dans son gilet sans même le lire, tandis que le commissaire ajoutait :

— Elle s'appelle Eugénie Coton.

— Pour quand ?

— Le plus tôt possible, répondit laconiquement le policier.

— Ils ne me laissent guère de temps.

L'autre se mit à rire.

— Si c'est la bonne, ils sauront vous récompenser.

Leurs propos étaient étranges. De quoi parlaient-ils ? Qui étaient ces « ils » donneurs d'ordres ?

Mais le cabaretier revenait. Il posa devant Roselys un gobelet à la propreté douteuse qu'elle fixa d'un air dégoûté.

Puis le bruit enfla. Une bande de manouvriers entraient, éméchés, riant et s'interpellant bruyamment. Comme souvent dans les tavernes, ils se défoulaient après une harassante journée de labeur. Et, dans leur cas, ils s'en prenaient à la famille royale.

— Hier, j'ai travaillé à Versailles, clama un plâtrier. Ouais, chez le Louis et l'Antoinette. Elle y était pas. En ce moment, madame vit dans son palais, à Trianon... Paraît qu'elle se fait culbuter par tous les valets !

Roselys ferma les yeux. Dieu que ces gens étaient grossiers !

— Les valets, seulement ? ricana un maçon. Et avec sa Polignac, tu crois qu'elle fait quoi ?

On hurla de rire. Puis un autre s'écria :

— Elle a le feu aux fesses, Antoinette, et c'est pas son chapon de mari qui va éteindre l'incendie ! En attendant, elle nous ruine, la saleté ! Paraît qu'à Trianon, les murs sont incrustés de pierreries, et qu'elle est servie dans de la vaisselle d'or.

— Paraît qu'elle change six fois de robe par jour, et qu'elle prend des bains de lait...

— Alors que nos gosses n'ont rien à manger !

– Paraît qu'elle veut jouer au théâtre comme une fille de rien !

– Elle a pas de moralité, c'te étrangère...

Roselys n'en pouvait plus de tant de méchancetés. Heureusement, le cabaretier finit par intervenir.

– Pas si fort ! ordonna-t-il en montrant le coin où étaient assis Degrenne et son complice.

– Y'aurait-y de l'argousin dans l'air ? railla un maçon. Taisez-vous, les gars !

Pendant quelques instants, on entendit les mouches voler, et elles étaient nombreuses ! Roselys en profita pour tendre l'oreille, mais le spadassin et le policier se parlaient à voix basse. Impossible de comprendre leur conversation.

– Eh, rigola un des braillards, visez la caillette ! L'est-elle pas mignonne avec sa belle robe ? Ça c'est une femme de chambre qu'a piqué une toilette à sa maîtresse...

Les manouvriers s'approchèrent de sa table. Roselys, à leur haleine, constata qu'ils étaient fin soûls.

– Vous voulez pas boire un coup avec nous, mademoiselle ? tenta l'un d'eux d'un air égrillard. Allez, quoi, faites pas la bégueule...

Roselys avait bien envie de leur apprendre les bonnes manières. Mais, songea-t-elle, elle ne devait pas causer d'esclandre, sous peine d'être remarquée par les compères installés près de la fenêtre.

Mieux valait disparaître. Elle se leva, jeta de la monnaie sur la table, et s'esquiva le plus discrètement qu'elle put.

28

À son retour à l'hôtel des Croisselle, Roselys apprit qu'Aimée avait été mise au lit. L'oncle Lambert la fit entrer dans son bureau dont il claqua sans façon la porte au nez de son épouse.

– Je lui ai raconté que je vous avais envoyée faire une course, pour vous soustraire au spectacle affligeant du « magnétisme animal ». Vous êtes allée acheter un livre, *La princesse de Clèves*, que je compte offrir à votre cousine. Vous ne l'avez pas trouvé. Dites comme moi, sinon nous n'en finirons pas avec ses questions.

Le stratagème fit rire Roselys.

– Je suis obligé de mentir, se justifia son oncle, sans quoi elle me mène une vie impossible.

– Comment va Aimée ?

– Elle a été très choquée. Ce Mesmer lui a prescrit un grain d'opium, elle dormira jusqu'à demain.

Et vous, racontez-moi vite. Nous n'avons guère de temps avant que vous ne repartiez pour votre mission chez Féron.

Elle lui rapporta la conversation qu'elle avait surprise et il déclara, pensif :

— J'en informerai le Vénérable. Il nous faudra déménager au plus tôt de la rue du Pavillon-du-Roi et convoquer les Enfants de Thémis en un autre lieu.

Puis il clopina jusqu'à son fauteuil où il se laissa tomber.

— Donc, des inconnus nous surveillent...

— À vrai dire, je n'ai pas compris tous leurs propos. Degrenne appelait son complice « commissaire ».

— Celui avec qui il parlait chez Mesmer est un médecin nommé Langlade, lui apprit son oncle.

Un médecin et un policier ? réfléchit Roselys. Elle repensa aux histoires qu'elle avait inventées en rentrant de Trianon : M. Charvey, tué par un médecin incompétent. De plus, Valsens ne lui avait-il pas confié qu'Hermine en savait long sur les policiers et les juges corrompus ?

— Comment M. Charvey est-il mort ? demanda-t-elle tout à coup.

L'oncle Lambert retint son souffle. Puis il tritura sa chevalière en un geste familier, et Roselys sut qu'elle avait touché un point sensible. D'ailleurs, il balbutia avec gêne :

— Je ne peux vous dévoiler les secrets d'Hermine. Comprenez-moi. Elle seule en a le droit.

— Naturellement...

— Mais nous réglerons le compte de ceux qui lui ont causé du tort. Chaque chose en son temps.

— Vous avez dit « nous » ? releva-t-elle avec un brin d'espoir. J'en serai ?

Il lui sourit.

— Qui sait ? En tout cas, vous le mériteriez.

Elle lui rendit son sourire, heureuse de sa confiance, et il reprit avec sérieux :

— Pour le moment, notre priorité est Féron. Ne nous dispersons pas. Ne pensons plus qu'à sa chute, et agissons, tel le bras armé de la Justice...

La comparaison, un rien grandiloquente, la fit s'esclaffer.

— Excusez-moi, je ne m'imagine guère dans ce rôle. En réalité, cette nuit, je pars cambrioler une maison, au mépris des lois... La chose est excitante, mais aucunement morale.

L'oncle Lambert lui tapota la main.

— Vous avez parfaitement raison. Nous œuvrons dans l'ombre, et souvent par des moyens détournés. Cependant, n'oubliez pas que le sort d'un innocent dépend de nous. Et ce soir, de vous, Roselys.

Alors qu'elle s'apprêtait à sortir, M. de Croisselle l'arrêta encore :

— Ne prenez aucun risque, ma chère petite. Nous devons nous débarrasser de cette crapule, certes, mais pas au prix de votre vie. Si vous n'y arrivez pas, nous trouverons une autre solution.

— Ne vous inquiétez pas, le rassura Roselys.

29

Valsens était venu prendre Roselys en cabriolet à la porte de service. À présent, ils passaient au petit trot devant l'hôtel particulier des Féron.

– Leur porche reste toujours ouvert, expliqua-t-il. Ce prétentieux veut que l'on puisse admirer sa résidence et sa réussite sociale, même la nuit.

La façade de belle pierre blonde, au clair de lune, était superbe. Sans doute dessinée par un grand architecte, elle possédait d'élégantes portes-fenêtres au rez-de-chaussée. Au centre du bâtiment, une entrée monumentale, encadrée de colonnes, était surmontée d'un fronton triangulaire.

Ils s'arrêtèrent un peu plus loin pour attacher la jument à un anneau devant une boutique. Le jeune homme n'avait plus rien d'un courtisan. Sa chemise brune lui donnait davantage l'air d'un aigrefin que d'un petit marquis rompu au badinage. Pour compléter sa tenue de voleur, il tenait à la main deux grandes besaces de cuir.

Tout en rasant les murs, il lui exposa son plan.

— Une fois la loge du gardien passée, il nous faudra traverser la cour, entrer et monter. Le rez-de-chaussée est composé des pièces de réception et des communs. Le premier étage se partage en deux appartements, un pour monsieur, l'autre pour madame. Le bureau de Lucien de Féron jouxte sa chambre. J'y suis allé à deux reprises, mais je n'y ai pas vu l'ombre d'un coffre-fort.

— Et son portrait? demanda Roselys. La clé est cachée derrière...

— J'ai aperçu au moins trois ou quatre tableaux le représentant. Ce fat se fait peindre à la moindre occasion. Prions pour que nous trouvions le bon rapidement.

Puis il mit un doigt sur ses lèvres. Il désigna la vaste porte cochère ouverte, et la petite guérite où un serviteur était censé garder les lieux. Ils s'en approchèrent à pas de loup. Un ronflement rassurant leur parvint aux oreilles. Affalé sur une chaise, l'homme dormait la bouche ouverte, une bouteille vide sur les genoux.

— Jacquet a fait le nécessaire, glissa Valsens, satisfait. Allons-y.

Hélas, ils n'avaient pas fait trois pas que le gardien braillait un « qui-va-là ! » des plus fâcheux. L'instant suivant, le poing de Valsens s'abattait sur son crâne. Puis le jeune homme épia les bruits avec inquiétude avant de chuchoter :

— Tout semble silencieux...

Ils coururent jusqu'au perron. La porte, vitrée jusqu'à mi-hauteur, était fermée. Valsens dégaina son épée et en frappa le carreau du pommeau d'un geste sec. Roselys rentra la tête dans les épaules : le verre cassé retombait bruyamment en éclats sur le sol dallé du vestibule.

Après avoir guetté une éventuelle réaction des serviteurs, son compagnon se risqua à glisser la main à l'intérieur pour donner un tour de clé.

— Ne traînons pas ! ordonna-t-il, la porte à peine poussée.

Il se saisit d'un chandelier allumé, posé sur une console, qui baignait la vaste entrée d'une clarté orangée. Après avoir grimpé le grand escalier de marbre, Valsens ouvrit une double porte surchargée de dorures, et ils pénétrèrent dans une antichambre aux confortables fauteuils.

— Mazette ! souffla Roselys en entrant dans le bureau qui lui faisait suite.

Les murs étaient couverts de rayonnages emplis de livres de cuir fauve. Des statuettes antiques, grecques et romaines, des porcelaines chinoises et des miniatures persanes décoraient les étagères...

– Jolie collection, n'est-ce pas ? railla son compagnon. Ne vous figurez pas qu'il s'intéresse à l'art. Il n'y connaît rien, hormis que cela peut impressionner ses visiteurs.

Mais Roselys commençait à chercher le coffre. Effectivement, elle constata très vite qu'il n'y en avait pas. De son côté, Valsens soulevait le cylindre d'un superbe secrétaire en marqueterie pour consulter les papiers qui s'y trouvaient enfermés.

– Rien.

– Là, souffla Roselys. Un portrait de lui... de profil, la main dans son gilet. Ah mais, c'est qu'il a fière allure ! se moqua-t-elle.

Tout en parlant, elle souleva le lourd cadre et passa ses doigts dessous... Rien.

– Ne me dites pas que nous sommes venus pour... rien, se plaignit-elle.

Elle vit Valsens refermer le cylindre d'un geste sec. Puis il gagna une porte enchâssée dans la bibliothèque.

– La chambre est de l'autre côté. Allons-y.

Elle était digne de celle d'un prince, mais Roselys ne perdit pas de temps à s'extasier. Elle attrapa un bougeoir posé sur une commode qu'elle alluma au chandelier. Puis elle fit le tour de la pièce, en protégeant la flamme de sa main libre.

– Rien de rien...

Enfin, si. Sourcils froncés, elle s'étonna :

– Voilà qui est curieux. La chambre et le bureau ne sont pas de même profondeur. Voyez, il y a au moins quatre pas de plus de ce côté-ci.

– Vous avez raison. Existerait-il une pièce secrète ?

– Ça m'en a tout l'air.

Roselys retrouva aussitôt le sourire. Elle se dirigea vers le bureau et observa avec attention les moulures des bibliothèques. Hélas, aucune ne ressemblait à une poignée ou à un levier.

– C'est vraiment ce qui s'appelle une pièce secrète, pesta-t-elle. Mais Féron ne me connaît pas... Mes quatre sœurs n'ont jamais rien pu me dissimuler. Et pourtant elles sont douées.

Elle se mit en devoir de scruter avec attention chaque objet, chaque bibelot.

– Que vois-je ? plaisanta-t-elle. Un livre à la couverture fatiguée...

Elle poursuivit, tout excitée, et déjà sûre de sa trouvaille :

– Croyez-vous que notre sémillant Féron a une tête à lire les *Oraisons funèbres* de Bossuet, au point d'en user la reliure... et seulement sur la tranche supérieure ? Moi pas.

Sans attendre, elle tira le livre. Comme elle l'espérait, il bascula en avant. Un « clic » sec se produisit, qui fit bondir son cœur.

— J'ai gagné ! s'écria-t-elle en sautant de joie.

— Chut ! Les communs sont juste au-dessous !

— Excusez-moi.

Un bruit de gond. La façade de la bibliothèque s'ouvrit, dévoilant une porte métallique pourvue d'une serrure.

— Bravo, reconnut Valsens. J'avoue que je n'y aurais pas pensé. À présent, cherchons la clé.

— J'ai déjà vérifié le tableau qui est dans le bureau. Rien. Mais j'en ai aperçu un autre dans la chambre.

Elle y partit, son bougeoir à la main. Il y avait bien l'ami Féron en costume de chasse, perché au-dessus de la cheminée, mais le cadre ne cachait aucun objet.

— Bon sang, quelle poisse de trouver son coffre et de ne pouvoir l'ouvrir... Où peut-il y avoir un autre portrait ? Peut-être chez son épouse ?

Valsens sembla sceptique.

— Non. Il ne se compliquerait pas l'existence à dissimuler la clé dans la chambre de sa femme.

Chandelier en main, il refit le tour du bureau, scrutant chaque recoin. Il s'arrêta tout à coup avec un sourire ravi qui, à la lueur des bougies, lui donnait un air diabolique.

– Mais, c'est notre petit Lucien...

Il venait d'apercevoir, sur une étagère, une miniature ovale représentant un poupon joufflu grimpé sur un cheval de bois. Le temps de la retourner et il montra à Roselys un morceau de métal ouvragé coincé entre deux crochets.

– Un à un, conclut-elle.

– C'est donc un match, comme disent les Anglais ?

– Nous voilà à égalité, mais sachez que je n'aime pas perdre.

– Moi non plus.

Et il se dirigea vers la pièce secrète. Elle s'ouvrit sans difficulté, dégageant un espace aveugle de quatre pas sur six.

– L'or ! dit Roselys d'une voix triomphante.

Il y avait des petits sacs de jute emplis de louis ! Une vraie fortune ! Elle tendit la main pour les toucher, tant la scène lui paraissait irréelle. Dans un autre coin, des dossiers s'entassaient.

– Les comptes et ses correspondances..., jubila Valsens.

Il ouvrit un carnet au hasard et se figea sur une page, avec un air éberlué accentué par la lumière des bougies.

– Quelque chose d'intéressant ? s'étonna-t-elle.

– Non.

Il le reposa sur la pile, et ils poursuivirent leurs recherches.

– Ah, se prit à rire Roselys en ouvrant un livre recouvert de cuir rouge, je retrouve mon Féron.

Elle avait découvert un ouvrage licencieux orné de gravures érotiques. Son complice le lui enleva aussitôt des mains.

– N'avez-vous pas honte de regarder de telles choses !

– Point du tout, le nargua-t-elle. Bigre ! Notre ami en possède toute une collection.

Valsens haussa les épaules.

– Ces livres sont interdits par la censure. Je comprends qu'il les cache. S'il est pris avec ces... œuvres d'art, on lui fera payer une forte amende, en plus de les lui confisquer.

– Dire que nous sommes en train de fouiller son intimité la plus secrète, soupira Roselys en reprenant son sérieux. Tout à l'heure, mon oncle m'a comparée au bras armé de la Justice, mais je ne m'attendais pas à devoir commettre des actes si malsains !

– N'ayez aucun scrupule, c'est un escroc, doublé d'un assassin.

– Qu'est-ce que c'est ?

Une étrange gravure était accrochée au mur. Elle représentait un triangle noir d'où sortaient des rayons de soleil, entouré d'un serpent qui se mordait la queue.

– Tiens donc, lâcha son compagnon en levant son chandelier.

Puis après quelques instants, il expliqua :

– Féron appartient sans doute à une confrérie. J'ignore laquelle. Le serpent ouroboros est signe de régénération. Le soleil est associé à la puissance, à la richesse ou à la connaissance. Quant au triangle noir... il ne me rappelle rien. Je me renseignerai dès notre retour. Une confrérie que nous ne connaissons pas, voilà qui est étrange...

– La vôtre est bien inconnue.

– Et nous ferons tout pour qu'elle le reste ! répliqua-t-il d'un ton ferme, presque agressif.

– Dieu, que vous êtes soupe au lait !

– Taisez-vous !

Elle sursauta et manqua se rebeller devant cet accès d'autorité, lorsqu'elle se rendit compte qu'il tendait l'oreille, la bouche ouverte.

– Quelqu'un vient, annonça-t-il. Vite, remplissons les sacs ! Occupez-vous des papiers. L'or est plus lourd, je le prends...

Il posa le chandelier, lui lança une besace, et se dépêcha d'entasser les louis dans sa sacoche. De son côté, elle jeta en vrac correspondances et livres de comptes au fond de la sienne.

– Qui va là ? hurla une voix à la porte des appartements.

– Continuez à remplir, ordonna Valsens, je m'en occupe.

– Et puis quoi encore ! protesta-t-elle lorsqu'elle le vit partir en tirant son arme.

Elle ferma le rabat de sa besace et éteignit les bougies en toute hâte. Puis elle courut vers l'antichambre, dans la pénombre d'un clair de lune blafard.

Valsens, lame au poing, s'y trouvait seul face à deux silhouettes armées... Une lanterne posée au sol les éclairait. Ils s'observaient.

– Je vous ai dit que je m'en occupais, lui lâcha-t-il d'un ton mal aimable.

– Seul contre deux ? Prétentieux, va...

Et elle dégaina son épée.

30

Valsens ne chercha pas à parlementer, il attaqua. Roselys suivit. Leurs deux adversaires, des valets en livrée jaune, devaient être d'anciens soldats, tant ils maîtrisaient l'art de l'escrime. Et, s'ils avaient bu, ils n'en subissaient pas les effets.

Comble de malchance, l'antichambre n'avait rien d'une salle d'exercices ! Ils ne pouvaient reculer sans buter sur les beaux fauteuils de bois doré, et ils se bousculaient, au risque de se gêner.

Roselys tenta de feinter, sans succès. L'homme qui lui faisait face ne se laissait pas déconcentrer. La jeune fille donnait des signes de fatigue. Pourquoi ne s'était-elle pas entraînée, au cours des dernières semaines ? Elle se ressentait de ses muscles rouillés. Gaétan l'aurait mise à l'amende de tant de bêtise !

Il fallait qu'elle trouve une ruse...

D'un violent coup de pied, elle envoya promener la lanterne, qui glissa sur le parquet ciré jusqu'à taper contre le mur. Hélas, l'homme ne tourna pas même le coin de l'œil. Pire, il fondit sur elle en trois pas et l'atteignit au bras gauche de la pointe de son épée ! Il l'avait touchée !

Le cœur de Roselys s'emballa. Elle éprouvait une sensation de brûlure. Il fallait qu'elle se reprenne, vite ! Elle était blessée, mais à peine.

Elle sauta d'un bond sur une bergère et tenta sa botte de l'auberge d'Antony. D'un habile moulinet du poignet, elle entortilla la lame de son adversaire et l'envoya voler au travers de la pièce.

L'homme cria, surpris, tandis que Roselys, essoufflée, tâtait son bras gauche. Oui, le tissu était déchiré. Une estafilade sanglante la faisait souffrir. Cependant, elle ne s'apitoya pas sur son sort. Elle fondit sur l'arme au sol, qu'elle repoussa du pied avant que son propriétaire ne la ramasse.

– Tu veux qu'on se batte, gringalet ? enragea-t-il en se redressant devant elle. Maraud ! Pose ton épée, viens régler ça d'homme à homme...

Roselys prit peur. Combattre à mains nues contre les gamins d'Angemont était une chose, le faire avec un homme adulte haut de six pieds en était une autre... Elle le pointa de son arme et gronda :

— Me crois-tu stupide ? Je suis du bon côté de la lame, et toi non. Ne bouge plus, ou je te découpe une boutonnière.

Par chance, il leva les bras en signe de reddition. Roselys n'aurait pas aimé frapper un adversaire désarmé.

Dans son dos, Valsens continuait le combat sur le palier. Elle entendait les halètements, le métal des armes qui s'entrechoquaient. Il y eut un cri, un râle, puis plus rien.

Des picotements de panique commencèrent à monter en elle. Lequel était vainqueur ? Elle n'osait pas se retourner, de peur que son adversaire en profite pour l'agresser.

— Vous allez rester là, toute la soirée, à le contempler ? fit la voix de Valsens près de son oreille.

Elle lui fit face, un sourire de pur bonheur peint sur son visage, et n'hésita pas une seconde avant de lui sauter au cou. Malgré sa fatigue, il la repoussa avec rudesse.

— Attachons celui-là, et partons, ordonna-t-il.

— Que croyez-vous ! ronchonna Roselys. J'étais juste contente de voir que vous vous en sortiez. Vous avez mis un de ces temps à le battre !

Malgré la pénombre, elle remarqua son regard agacé et ses sourcils froncés. Pourquoi ne pouvait-il pas être aimable lorsqu'il s'adressait à elle ? Depuis leur sarabande de Trianon, où il s'était montré si charmeur, il ne cessait de la rabrouer.

— Je vous croyais meilleur escrimeur que ça, lâcha-t-elle pour le vexer.

Mais il se retourna en soupirant et chercha dans la pièce de quoi ficeler le domestique. Sa pique n'ayant pas fait mouche, Roselys reprit sa surveillance.

— Attention ! hurla Valsens.

Avant qu'elle comprenne, il se jetait sur elle. Elle roula au sol avec lui, ce qui lui arracha un cri de douleur.

— Êtes-vous fou ? s'indigna-t-elle en s'écartant.

Elle se releva avec peine, sa paume protégeant sa blessure. Puis elle vit son prisonnier qui s'affaissait lentement le long du mur, les deux mains recroquevillées sur son estomac. Un couteau y était planté.

— C'est mon adversaire, expliqua Valsens, je l'avais touché à la cuisse et je le pensais évanoui. C'est lui qui a lancé le poignard. Il vous a manquée, mais pas son collègue...

Sans même qu'elle s'en rende compte, elle se mit à trembler. Était-ce ses dents qui claquaient ? Oui, sans aucun doute. Il l'attrapa par les épaules dans un geste qui n'avait rien d'amical et la secoua. La compassion lui était-elle donc inconnue ?

— Oh ! N'allez pas tourner de l'œil ! la somma-t-il. Ce n'est pas le moment ! Vite, prenons les sacs et fuyons ! Sans quoi nous aurons bientôt sur le dos tous les domestiques !

Il la planta dans l'antichambre et courut chercher leurs deux besaces. Il lui lança la sienne et dévala les escaliers en criant :

— Venez, nom de nom !

Une bouffée de ce qui ressemblait à une énorme colère la submergea. Un jour ou l'autre, se promit-elle, elle lui ferait payer sa superbe. Et elle se mit à courir, avala les marches quatre à quatre, bien décidée à le doubler avant qu'il n'ait franchi le porche d'entrée.

31

L e retour en cabriolet se déroula dans un silence glacial. Valsens ne prononça pas un mot, jusqu'à ce qu'il la dépose devant chez les Croisselle. Et encore, déposer était un terme inapproprié : il l'abandonna, plutôt, à l'entrée de service, après un bref échange désagréable :

— Saurez-vous vous soigner ?

— Je me débrouillerai. Ce n'est qu'une estafilade.

— Jamais je n'aurais dû vous amener avec moi.

Pendant un instant, elle crut qu'il était furieux qu'elle soit arrivée avant lui à la voiture : elle l'avait dépassé à la course, et battu à plate couture. « Non, se reprit-elle, cette explication était puérile. La cause devait être plus profonde. »

— Pourquoi ? demanda-t-elle. Parce que je suis une femme ?

Il ne répondit pas, ce qui lui fit supposer qu'elle avait raison. Roselys voyait à peine son visage dans la pénombre. Il finit par lâcher, vexant à souhait :

— Rendez-vous demain à Trianon, et tâchez de ne pas y faire étalage de vos prouesses.

— Me croyez-vous stupide ?

La portière du cabriolet se referma avec un claquement sec, et il repartit aussitôt au trot, l'abandonnant, seule... avec sa besace. Eh oui ! Elle l'avait gardée, pendue à son épaule, au lieu de la lui laisser. Tant pis pour lui.

Elle poussa la porte des écuries, morose, et regagna le vestibule en traînant les pieds avec une envie de pleurer.

L'oncle Lambert l'intercepta alors qu'elle montait à sa chambre. Le brave homme l'avait attendue.

— Alors ? demanda-t-il.

Puis il vit son bras ensanglanté et s'affola :

— Vous êtes blessée ? Seigneur ! Que m'a-t-il pris de vous encourager à commettre cette folie ! Venez vite dans mon bureau.

La sacoche tomba au sol. Roselys se sentait tout à coup morte de fatigue. Son oncle lui ôta sa veste et remonta sa manche de chemise avec douceur.

— Vous avez une chance du diable, soupira-t-il, soulagé. La coupure est superficielle.

Pendant qu'il nettoyait la plaie avec un excellent cognac, elle lui raconta les péripéties de la nuit. Après quoi il lui improvisa un bandage à l'aide d'un mouchoir propre.

— M. de Valsens ne m'aime guère, lui avoua-t-elle.

— Vous vous trompez. C'est Étienne qui a insisté auprès du Vénérable, afin que vous assuriez cette mission à ses côtés. Depuis, il n'a cessé de prendre votre défense.

Roselys en fut étonnée. Valsens se montrait si désagréable avec elle ! Elle avait parfois l'impression d'être un fardeau pour lui, une épine dans sa chair... Elle aurait aimé que l'oncle Lambert lui en apprenne davantage sur le jeune homme, mais il se tut. Il venait de remarquer la besace.

— Puis-je voir ce qu'elle contient ?

— Faites.

Il la vida sur sa table de travail, les yeux brillants de curiosité. Puis il passa les documents en revue. Il jubilait, il trépignait de plaisir, il rayonnait de bonheur !

— Nous tenons cet escroc, nous le tenons ! ne cessait-il de répéter. Regardez...

Il lui tendit une correspondance signée d'un simple « A », qui remerciait Féron d'avoir prélevé cent vingt mille livres sur les impôts de l'année. Chose étrange, le paraphe était suivi d'un cachet représentant les symboles de la chambre forte : le triangle auréolé de rayons de soleil, au centre d'un serpent qui se mord la queue.

— M. de Valsens suppose qu'il s'agit d'une société secrète, déclara Roselys en pointant le dessin du doigt.

— Il a sûrement raison. Celle-ci m'est inconnue, mais il s'en crée chaque jour de nouvelles. Par exemple, le comte de Cagliostro...

— Qui est cet homme ? Vous en parliez lors de votre réunion.

— Un aventurier italien. Beaucoup le considèrent comme un mage. Partout où il s'installe, il ouvre des loges[1] et lève des fonds. Les membres de ces sociétés le vénèrent, car il communiquerait avec les morts, et il connaîtrait le secret de la régénération du corps humain...

— Il leur promet la jeunesse éternelle ?

— Oui, rien que cela ! railla-t-il. Aux seuls riches qui peuvent payer, naturellement. La tsarine de Russie l'a expulsé, à cause de ses manigances. Le roi de Pologne en a fait autant. Mais, grâce à ses dons de manipulateur, cet homme jouit d'un prestige considérable. En France, d'autres aventuriers suivent son

---

1. Groupes de base des sociétés secrètes ; terme utilisé aujourd'hui pour désigner les groupes de la franc-maçonnerie.

exemple et mettent sur pied des organisations très lucratives.

Il finit sa phrase par un sourire sarcastique qui laissa Roselys perplexe.

— Les gens sont si crédules ?

— Bien sûr. Nous vivons à l'époque des Lumières, mais le surnaturel n'a jamais autant fait recette qu'aujourd'hui.

— Donc, récapitula Roselys, Féron appartiendrait à un groupe dirigé par un « A », pour lequel il volerait des fonds ? En échange de quoi ?

M. de Croisselle haussa les épaules.

— Du pouvoir, sans doute. C'est souvent ce qui motive les hommes.

Puis il poursuivit l'étude des documents, avec l'espoir de voir figurer en toutes lettres le nom de la fameuse société ou celui de ses membres.

Roselys se prit au jeu.

— Il y avait un carnet... Il doit être par là...

Mais elle eut beau retourner les papiers, elle n'en trouva pas trace.

— Pourtant, s'étonna-t-elle, j'ai pris tous les documents... Je l'ai vu le reposer dans la chambre forte... J'en jurerais !

— Qui ?

— M. de Valsens.

Elle se figea, bouche ouverte. Valsens l'avait sûrement emporté avec lui... Pour quelle raison ?

– Ah ça, marmonna-t-elle. Qu'y avait-il de si important inscrit dedans, pour qu'il prenne le risque de le dérober sous mon nez ?

32

Elle se leva à l'aube, fourbue. Son bras était ankylosé et douloureux. La plaie paraissait saine, mais elle regretta l'onguent puant que fabriquait Zélie avec... Dieu sait quoi, et qui cicatrisait n'importe quel bobo en deux jours.

Comme elle ne voulait pas que la femme de chambre découvre sa blessure, elle décida de s'habiller seule. Cela releva du tour de force, car le laçage de sa polonaise se trouvait dans son dos.

À son départ pour Trianon, Aimée n'était toujours pas réveillée. Si l'oncle Lambert semblait inquiet, la tante Marie affichait un optimisme sans borne.

— L'indécent spectacle dont nous avons été témoins, lança-t-elle, prouve à quel point le remède est efficace. Aujourd'hui, notre fille va se réveiller, débarrassée à tout jamais de sa maudite timidité.

M. de Croisselle la rabroua aussitôt :

— Ce spectacle « indécent », comme vous le soulignez à juste titre, ne démontre rien. Ce n'était qu'une scène d'hystérie collective. Ceux qui souffraient de quelques problèmes nerveux s'en trouveront peut-être soulagés, et libérés de leur trop-plein d'émotion. Quant aux autres, je crains qu'ils ne se réveillent aussi mal en point qu'avant.

— Vous faites du mauvais esprit. À croire que vous ne voulez pas que votre fille guérisse !

— Ma fille, madame, n'est pas malade. Elle est seulement timide et réservée, qualités qui, hélas, vous font défaut.

Après un « oh ! » scandalisé, son épouse préféra s'en aller dignement, non sans avoir claqué la porte pour bien signifier son désaccord.

Lorsque la voiture aux armes de la reine arriva, l'oncle Lambert glissa à Roselys :

— Je porterai la sacoche au Vénérable, à son domicile. Bonne journée.

Tout au long du chemin, la jeune fille ne cessa de penser au carnet qui avait si mystérieusement disparu. Devait-elle affronter Valsens et lui réclamer des explications ? Elle en mourait d'envie.

À son arrivée à Trianon, M. Campan, le bibliothécaire, l'interpella :

— Sa Majesté rentrera de Versailles cet après-midi. Notre petite princesse a passé une mauvaise nuit. En attendant, la reine demande que vous fassiez travailler son texte à Mme de Polastron.

— Louise ?

— Oui. Elle n'a que dix répliques à dire. Elle les connaît par cœur, certes, mais les récite de façon bien scolaire et sans âme. Elle est si anxieuse, cette mignonne ! Il serait bon que vous lui donniez quelques conseils.

— Je m'en occuperai, lui promit Roselys.

Effectivement, Louise, raide sur la scène, les mains dans le dos, débitait ses tirades, comme d'autres leur bréviaire. Elle gardait les yeux au sol et ne reprenait sa respiration qu'à grand-peine.

Pour finir, la pauvre était malade. Son rhume s'était aggravé, et elle nasillait, ce qui amusait beaucoup Aglaé.

— Si j'ai bris froid, c'est de vodre faude. Vous avez voulu barcher sous l'orage, abant-hier. Je suis rendrée doude bouillée, et boilà !

Aglaé se tordit un peu plus de rire et Roselys dut retenir Louise qui menaçait de s'en aller.

Avec patience, elle mit en place une sorte de jeu, la poussant en douceur à marcher, à porter sa voix, et enfin à prendre du plaisir à déclamer malgré son indisposition. Elle fut si convaincante qu'Aglaé les rejoignit sur scène pour leur donner la réplique.

À midi, elles se firent servir un encas. Après quoi, en attendant que la reine arrive, elles partirent se promener à l'abri de larges ombrelles pour se garantir de l'ardeur du soleil.

— Dieu gue j'ai chaud ! se plaignit Louise. Sûr, j'ai de la bièvre..., gémit-elle avant d'éternuer.

— Ah, jeta Aglaé, voilà M. de Valsens. Louise, allons visiter le rosier d'Aimée, et laissons Roselys... discuter avec ce gentilhomme.

Puis elle se mit à pouffer. Son amie, elle, rougit. Elle se moucha, avant d'approuver d'un ton suspect :

— Quelle ponne idée. J'ai cru y discerner des poutons hier... Dès qu'Aibée ira bieux, nous en cueillerons un pouquet bour la reine.

Roselys se demanda ce que la coquine Aglaé avait bien pu raconter à la prude Louise sur ses relations avec Valsens. Mais peu importait, le jeune homme s'approchait, le visage fermé.

— Votre blessure ? s'enquit-il laconiquement sans même la saluer.

Elle fut prise d'une furieuse envie de se moquer, tant la situation lui paraissait absurde.

— Elle va bien, merci.

Il se renfrogna, ce qui la fit éclater de rire.

— Vous êtes si guindé qu'on dirait que vous avez avalé votre épée.

— Vous n'êtes pas drôle...

Elle observa son costume, un justaucorps qu'elle ne lui connaissait pas, et d'élégantes manchettes de dentelle qui lui tombaient presque au bout des doigts. Elle ne put s'empêcher d'ironiser :

— Quelle perfection ! Vous voilà apprêté pour affronter une dure journée de vrai courtisan. Mais je préférais votre tenue de cette nuit, mon ami.

Le « mon ami » était sans doute de trop, car il se figea un peu plus, menton haut. « Devait-elle continuer ses sarcasmes ? Non, décida-t-elle, la coupe était pleine, il n'en aurait pas supporté davantage. » Elle allait s'excuser lorsque dans son dos retentit la voix froide de Féron :

— Et quelle tenue préfériez-vous ? demanda-t-il.

Le couple tressaillit. L'ombrelle de Roselys leur avait caché l'arrivée du financier. La jeune fille se retourna, un sourire de commande aux lèvres.

La bouche de Féron était crispée. Une profonde ride entre ses sourcils durcissait son regard. Normal, se dit-elle. Ses biens avaient été volés et ses secrets les plus intimes découverts.

— Voyons, mon cher, plaisanta Valsens, quelle tenue un homme pourrait-il arborer la nuit en compagnie d'une si charmante demoiselle ?

« Ah le mufle ! » pensa-t-elle. « Il sous-entendait... »

– La tenue de voleur, peut-être ? lança Féron.

Roselys frémit. Savait-il qu'ils étaient responsables du cambriolage ?

– Voleur de cœurs alors, se gaussa Valsens sans se démonter. J'adorerais porter ce surnom. Non, mon cher, il s'agit tout bonnement de la tenue d'Adam...

Féron parut dérouté, autant par ses mots que par son air si naturel. Puis il persifla :

– Il semble que mademoiselle a été plus convaincue par vos arguments que par les miens.

Roselys se sentit rougir. Elle n'avait pas envie de passer pour une fille facile, mais il fallait jouer le jeu. Elle se récria aussitôt :

– Monsieur, les sentiments ne se commandent pas. Et dois-je vous rappeler que vous avez une épouse, alors que M. de Valsens est célibataire ?

– Ah, railla-t-il de plus belle, c'est donc cela. Vous préférez miser sur le bon parti, celui qui vous passera la bague au doigt.

– Que vos mots sont amers, se plaignit Valsens d'un ton léger. Je vous assure qu'il n'y a nul calcul dans le choix de Mlle d'Angemont. Elle n'a fait que répondre aux élans de son cœur.

Puis il décida de changer de conversation :

– Votre mine est bien sombre, Lucien.

– On m'a dévalisé. Mon coffre a été pillé.

— Diantre, quelle malchance ! s'écria Valsens d'une voix emplie de fausse compassion.

— Les larrons se sont enfuis avec mon or. Ils ont agressé mon gardien et les deux porteurs de chaise de ma femme. L'un d'eux est entre la vie et la mort. Mes gens en ont fait une description très fidèle. Un homme brun, d'environ vingt ans, et un freluquet portant perruque, qu'ils ont blessé au bras. Le portier, qui vous connaît, a déclaré que le plus âgé vous ressemblait comme un frère, Étienne...

Valsens frémit à peine. Il se mit à rire, avant de prendre Roselys à témoin :

— Entendez-vous, ma chère ? J'ai un sosie maraudeur ! Heureusement que nous étions ensemble, sans quoi on pourrait m'accuser de ses méfaits.

Lorsque l'homme prit congé quelques instants plus tard, elle souffla à son compagnon :

— Il a des soupçons.

— Je le crains. De toute façon, nous avons tous les deux le meilleur des alibis... Nous folâtrions ensemble en tenue d'Adam et d'Ève.

Roselys s'empourpra. Elle n'aimait guère la façon dont il parlait.

— Vous venez de me compromettre, monsieur.

Son indignation lui arracha un sourire.

— N'ayez crainte, les réputations se font et se défont. Personne ne s'en souciera.

– Moi, je m'en préoccupe, ne serait-ce que par respect pour ma famille. Vos propos manquent tout à la fois d'honneur et d'élégance.

Et avant qu'il ne réplique, elle attaqua le sujet qui lui tenait à cœur :

– Qu'avez-vous fait du carnet ?

Elle eut la satisfaction de le voir tressaillir.

– De quoi parlez-vous ?

– Du carnet sans importance que vous avez consulté, puis reposé devant moi dans la pièce secrète. Je suis sûre d'avoir mis tous les documents dans ma besace. Pourtant, lorsque je les ai sortis à l'hôtel de Croisselle, le carnet ne s'y trouvait pas.

– Vous avez dû l'oublier, tout simplement.

– À d'autres ! Vous l'avez emporté, et je n'en démordrai pas. Vous m'avez trompée, une fois de plus, alors que je vous ai aidé de mon mieux, et même au péril de ma vie.

Voyant qu'il ne répondait pas, elle insista, menton haut :

– Eh bien, monsieur, j'attends !

Il hésita, mais finit par capituler :

– D'accord, je l'ai pris.

– Pourquoi ?

– En le parcourant, expliqua-t-il, j'ai remarqué deux noms qui ne m'étaient pas inconnus.

– Des membres de cette société secrète ?

– Certes pas. Des personnes qui me sont proches. J'ai voulu avoir la primeur des informations que ce carnet contenait. Je vous jure que je comptais le remettre ensuite au Vénérable.

– Qui sont ces personnes ?

– Cela ne vous regarde pas.

– À présent si, s'emporta Roselys. Faudra-t-il longtemps vous tirer les vers du nez ?

– Les demoiselles de Costebelle, soupira-t-il de nouveau. Vous ne les connaissez pas.

Roselys se mit à rire.

– Bien sûr que si ! Mme Hermine Charvey est votre collègue de Thémis. Quant à sa sœur, vous étiez fiancé avec elle.

Elle apprécia avec une certaine jubilation son air éberlué.

– Comment l'avez-vous appris ?

– Cette demoiselle s'est enfuie avec un galant.

– Point du tout ! Elle a disparu, enlevée... Elle ne m'aurait jamais abandonné !

Il avait crié, indigné. Pour une fois, il paraissait sincère. Son ton désespéré coupa le souffle de Roselys.

– Enlevée ? s'exclama-t-elle. Mais, par qui ? On n'enlève pas les gens comme ça...

– Je voudrais bien le savoir, fit-il avec amertume. Les parents d'Alix ont préféré étouffer le scandale.

Mais moi, je suis sûr que la chose est impossible. Nous nous aimions.

Roselys se sentit gênée par ses confidences. Que lui avait-il pris d'être si curieuse ! Mais, à présent, elle se trouvait au milieu du gué, elle devait aller jusqu'au bout :

— Et donc, vous avez découvert son nom...

Il acquiesça de la tête, puis il sortit le fameux carnet de son gilet. Il l'ouvrit pour lui montrer.

— Alix de Costebelle, 17 janvier 1780, lut-elle.

— Le jour de sa disparition. Par quel mystère Féron connaît-il ma fiancée ? Pourquoi son nom se trouve-t-il sur un document, caché dans sa chambre secrète ?

Il lui indiqua ensuite une autre ligne.

— Hermine de Costebelle..., continua-t-elle. Mais il n'y a pas de date, juste un point d'interrogation. Que signifient tous ces nombres ?

Les premières pages du carnet en étaient emplies, rendant la lecture impossible.

— Un code. Je suis sûr que je saurais ce qui est arrivé à Alix, si je parvenais à le décrypter.

— À voir la façon dont sont tracés ces chiffres, réfléchit-elle tout haut, deux rédacteurs différents se sont succédé. Le premier écrivait ce code couramment. Le second ne le maîtrisait pas, puisqu'il a inscrit plusieurs noms en clair.

– Bien vu.

Roselys posa son ombrelle et s'assit dans l'herbe afin de tourner les pages plus aisément.

– Qu'en pensez-vous ? fit Valsens.

Elle s'étonna qu'il lui demande son avis, mais il n'y avait nulle moquerie, ni sarcasme dans son regard. La guerre entre eux avait-elle cessé ?

Elle lui tendit la main pour qu'il l'aide à se relever et approuva :

– Vous avez raison, il faut décrypter ces nombres. Allons au théâtre emprunter une plume et du papier à M. Campan. Nous les recopierons. Ainsi, nous pourrons les étudier chacun de notre côté. Je ne vous l'ai sans doute pas dit, mais j'adore les énigmes...

33

Installés au théâtre, dans le local du bibliothécaire, ils se partagèrent la tâche, l'un dictant, l'autre écrivant.

— N'est-ce pas curieux ? s'étonna Roselys. Nous sommes ensemble depuis presque une heure, et nous n'avons pas encore tenté de nous entre-tuer.

La réflexion le fit sourire.

— J'avoue que j'ai beaucoup de mal à comprendre pourquoi vous m'exaspérez autant. Vous êtes pourtant intelligente et charmante, bien que... très impertinente.

— Impertinente, sans doute, pertinente souvent, et aussi bonne escrimeuse. Aussi bonne que vous, d'ailleurs. Sans compter que je vous ai battu à la course hier, et à plate couture.

— Dites donc, s'indigna-t-il, je portais l'or et vous les papiers. Comment aurais-je pu gagner ?

– Oh, la mauvaise foi ! Vous aviez vingt pas d'avance sur moi, cela compensait.

– Pas vingt, cinq...

– Vingt, vous dis-je.

– Vingt, vous avez raison, reconnut-il en riant.

Roselys trempa la plume dans l'encrier, hocha la tête et poursuivit avec franchise :

– Vous, vous êtes diablement agaçant et trop sûr de vous. Ma mère dirait que nous sommes comme le feu et l'eau, parfaitement incompatibles.

– Mais complémentaires, ajouta-t-il en croisant les bras. Cette nuit, nous avons fait du bon travail.

– Demain, Féron dormira à la Bastille et le mari de votre sœur Juliette retrouvera la liberté. Mon oncle doit porter les papiers au Vénérable...

– Parfait. Je passerai prendre les documents chez lui, puis je retournerai chercher l'or chez moi, avant de déposer le tout à l'hôtel de Lionne, où M. Necker, le contrôleur général, a ses bureaux.

– Puis-je venir ?

Valsens refusa :

– Non. Je ne peux vous emmener chez le Vénérable sans dévoiler son identité. Ne soyez pas déçue, faire le coursier n'a rien d'exaltant. Reprenons : 23 tiret 18.5.1.10.26.14.23 tiret 12.14.1.10.26.14...

Ils terminaient la copie de la quatrième page, lorsque la reine arriva de Versailles. La pauvre semblait épuisée. Elle avait tenté de rehausser la pâleur de son teint par du rouge aux joues, sans grand succès. Mme de Polignac lui tenait le bras tandis qu'Aglaé, accompagnée de Louise, s'informait :

— Madame votre fille va-t-elle bien ?

— Beaucoup mieux, ma Guichette, répondit Marie-Antoinette avec un sourire las. Elle n'a plus de convulsions. Je l'ai veillée cette nuit avec votre bonne maman, qui ne m'a pas quittée un instant.

— Allons, se récria la belle Yolande, quelle sorte d'amie serais-je si je n'étais restée ? Ma place est auprès de vous.

La reine lui pressa la main, les yeux emplis de reconnaissance, puis elle se tourna vers Valsens.

— Partez vite, monsieur. Vous savez que Sa Majesté le roi ne veut pas de jeunes hommes ici pendant que nous travaillons.

Tandis qu'il saluait et sortait, elle s'adressa à Roselys tout en se dirigeant vers le couloir qui menait aux coulisses :

— Au travail, mademoiselle, nous n'avons que trop tardé. La représentation a lieu demain et je ressens déjà une grande anxiété... À vrai dire, je suis morte d'inquiétude !

Mme de Polignac la rassura :

– Votre diction est parfaite. N'ayez nulle crainte, ce sera un triomphe.

– Mon cher cœur, vous êtes si indulgente. Je crains fort que les méchantes langues de la Cour se gaussent de moi. Tout leur est bon pour médire ! Mademoiselle d'Angemont, s'écria-t-elle, revoyons la scène 18 de la *Gageure*, voulez-vous. Je bute toujours sur mes tirades.

Le temps d'ouvrir le livret, et elles attaquèrent :

– *Tu es un dangereux coquin !* lança la reine.

Roselys répliqua en prenant le rôle de Lafleur, un valet roublard, interprété par le comte d'Artois :

– *Bon, qu'est-ce que cela fait ? Il faut qu'un domestique soit bien sot, lorsqu'au bout de sept ans il ne gouverne pas son maître !*

– *Il ne faudrait pas s'y jouer avec madame. Elle me jetterait là comme… comme…* Flûte !

– *Comme une épingle*, lui souffla Roselys.

– Ah oui. Excusez-moi, j'ai la tête ailleurs. Qu'est-ce encore ! protesta-t-elle.

Un homme de belle prestance venait de franchir la porte du théâtre.

– Monsieur de Mercy-Argenteau ? s'étonna Marie-Antoinette en reconnaissant l'ambassadeur d'Autriche. Que vous arrive-t-il donc ?

– J'aurais besoin de m'entretenir avec vous, fit-il en se courbant. Si vous m'y autorisez.

La reine soupira, l'air ennuyé, mais elle accepta :

— Bien. Rejoignez-moi, je vous prie.

Elle sortit au fond de la scène et l'entraîna vers la petite pièce qui lui servait de loge.

Roselys les suivit dans le couloir. Elle en profita pour tirer de sa poche de jupon, discrètement, le feuillet sur lequel elle avait recopié le début du carnet. Sourcils froncés, elle commença à échafauder des hypothèses :

— En français, la lettre la plus courante est... le E. Sur ce document, le chiffre le plus utilisé est le...

— Et pourquoi donc ? s'écria la reine.

Roselys releva la tête, aux aguets. Ils parlaient allemand, langue qu'elle connaissait un peu, assez en tout cas pour la comprendre. La porte de la loge était restée ouverte, et le ton montait. Roselys, le papier serré contre elle, ne savait plus que faire. Si elle regagnait le plateau, on l'entendrait sûrement...

L'ambassadeur répondit :

— Votre mère, l'impératrice Marie-Thérèse, est fort mécontente de vous voir jouer au théâtre.

— C'est pourtant elle qui m'y a poussée lorsque j'étais enfant, afin que j'apprenne le français plus facilement. Enfin ! s'indigna la reine, quel mal fais-je ? Je n'aurai pour tout public que la famille royale et les grands noms de la Cour.

– Vous produire sur scène est scandaleux. On ne manquera pas de vous le reprocher, et l'Église en tout premier lieu. Vous savez que la religion condamne les comédiens et leur refuse tout sacrement...

– Allons ! Ce sont là des jugements d'un autre âge !

– Pour vous, Madame, la reprit-il. Mais vos sujets les plus croyants ne verront pas la chose du même œil.

Roselys entendit Marie-Antoinette marcher de long en large. Elle s'arrêta et proposa :

– Et si je n'invitais que la famille royale et quelques serviteurs de Trianon pour emplir la salle ? Ma mère serait-elle satisfaite ?

L'ambassadeur, d'abord indécis, approuva :

– Je crois, Votre Majesté, que ce serait plus prudent. Inutile de prêter le flanc aux critiques.

Après quelques instants de silence, elle demanda d'une voix mal assurée :

– On me dit qu'il faut que j'intervienne auprès de mon époux, afin qu'il renvoie le ministre Montbarrey et qu'il le remplace par Ségur... Qu'en pensez-vous ?

– « On » ? soupira l'ambassadeur. Vous voulez parler de Mme de Polignac ? Vous savez combien votre mère désapprouve votre engouement pour les membres de ce clan. La Cour jase, Madame. Vous leur accordez trop d'importance, trop de faveurs.

La reine eut un hoquet de surprise, à moins que ce ne soit de désapprobation.

– Ce sont mes amis ! Ils me comprennent, me soutiennent et m'amusent... Croyez-vous que ce soit drôle de vivre à Versailles, sous le joug de cette maudite étiquette ? Et mon époux ? Il est si... si...

– C'est celui que votre mère a choisi. Il manque peut-être à vos yeux de prestance et d'esprit, cependant il est profondément...

– Je sais. Honnête, travailleur, fidèle, récita-t-elle. Et il a la lourde charge de diriger l'État.

– Ne le prenez pas comme une critique, mais le bruit court que vous négligez vos devoirs. Vous passez de longs moments à Trianon et laissez le roi seul. La Cour chuchote, le peuple aussi.

– Qu'ils crient, s'ils veulent ! s'emporta-t-elle. De toute façon, quoi que je fasse, je suis critiquée. Alors, que me conseillez-vous ? Le roi doit-il mettre Ségur à la Guerre ?

– À mon sens, non. Je n'apprécie pas Ségur.

Puis il se racla la gorge, gêné.

– Votre mère s'inquiète aussi de vos dépenses, qu'elle juge exagérées.

La reine le reprit aussitôt :

– Ma mère m'avait reproché la trop grande richesse de mes toilettes, je les ai remplacées par des tenues plus simples.

— Vous jouez...

— Tout le monde joue aux jeux d'argent.

— Trianon vous coûte...

— Oh ! s'indigna-t-elle, en voilà assez ! Je reviens bien moins cher à l'État que les maîtresses des rois précédents, les Montespan ou les Pompadour !

Excédée, elle sortit... et découvrit Roselys.

— Vous étiez là ? lança Marie-Antoinette d'une voix inquiète. Qu'avez-vous entendu ?

Roselys se sentit rougir. Comment expliquer qu'elle n'avait pas voulu espionner ? Que la chose s'était produite sans qu'elle le cherche, parce qu'elle était pressée d'étudier son document ? La reine serait sans doute mortifiée si elle apprenait que sa répétitrice avait surpris des propos aussi personnels. Elle choisit de mentir, à moitié :

— J'ai tout entendu, mais... vous parliez allemand, une langue que je ne connais pas, hormis quelques formules de politesse. Je ne pensais pas à mal en vous attendant dans ce couloir.

Elle déglutit et lui assura, tête basse :

— Je vous jure que cela ne se reproduira plus.

— Rentrez à Paris, je n'ai plus besoin de vous.

Le ton était sec et cassant. Roselys se courba.

— Merci, Votre Majesté. À demain.

Mais, à voir le regard courroucé de la reine, Roselys douta qu'il y ait un demain.

La Troupe des Seigneurs arriva au moment où Roselys partait. À les entendre rire, Marie-Antoinette ne tarderait pas à oublier sa fatigue et à retrouver sa gaieté !

Après avoir passé les grilles, Roselys se dirigea, pensive, vers les communs. Si elle était renvoyée, outre le déshonneur, les Enfants de Thémis ne feraient certainement plus appel à elle. Pire, elle serait de nouveau condamnée à subir les humeurs de l'acariâtre tante Marie.

Elle s'installait dans la voiture lorsqu'elle aperçut Féron. Il n'était pas seul. Degrenne, le spadassin aux cheveux gris, l'accompagnait, tenant son cheval par la bride.

– Pétard de moine ! cria-t-elle devant le cocher horrifié. Ils se connaissent donc ?

Elle redescendit le marchepied et s'excusa :

– Je n'en ai pas pour longtemps, attendez-moi.

Elle contourna plusieurs charrettes de victuailles qu'une armée de serviteurs déchargeait en vue du repas du soir. La cohue lui permit de s'approcher au plus près de l'équipage du financier sans se faire remarquer.

– Ce ne peut être que lui ! déclarait Féron. Valsens aura rejoint cette gourde de répétitrice au sortir de chez moi, pour se forger un alibi.

– Il faut lui reprendre les papiers au plus vite.

– Vous avez raison. L'or, je m'en débrouillerai, promit le financier avec un regard angoissé. N'en parlez pas aux nôtres, par pitié.

Le spadassin semblait lui faire peur. D'ailleurs, ce dernier le rabroua sans se soucier de son rang :

– Imbécile que vous êtes ! Ils seront fous de rage s'ils apprennent qu'on vous a dérobé ce carnet.

Féron s'excusa presque en tremblant :

– J'avais pris grand soin de le cacher. De toute façon, il est codé. Qu'en ferait Valsens ?

– S'il le décrypte, nous sommes perdus.

– Alors... je risque ma tête !

– Ah pour ça, ricana Degrenne, oui vous la risquez, et moi aussi. Mais je connais quelques hommes sûrs... J'irai avec eux chez Valsens et je reprendrai ce qui nous appartient.

Il grimpa à cheval, mettant fin à la discussion.

– Je saurai vous en remercier, l'assura Féron avec soulagement. Quand irez-vous chez lui ?

– Dès la nuit tombée. Priez pour que les documents soient encore en sa possession, menaça-t-il en s'éloignant.

34

Roselys rentra à Paris l'esprit en ébullition. Les hommes de Degrenne allaient s'en prendre à Étienne, pas plus tard que ce soir !

– Je dois le prévenir ! se répéta-t-elle au moins pour la centième fois, secouée par les cahots de la voiture.

Le fait d'être renvoyée par la reine lui paraissait à présent le cadet de ses soucis.

– Le prévenir, oui, mais comment ?

Elle ignorait où il vivait. Sans doute l'oncle Lambert le savait-il. Hélas, à son arrivée, elle apprit qu'il serait absent pour la soirée.

– Il est sûrement chez le Vénérable, pesta-t-elle tout bas.

– Que dites-vous, ma nièce ?

La tante Marie arborait sa tête des mauvais jours.

– Je voulais juste savoir... comment va Aimée.

— Elle est aussi timide qu'avant.

C'était couru d'avance ! Cet aveu avait dû lui coûter et, pendant un instant, la jeune fille eut pitié d'elle. Elle tenta de la rassurer :

— La reine admire chaque jour le rosier d'Aimée lors de sa promenade et ne l'a-t-elle pas invitée aux fêtes de Trianon ? Même les dames pour accompagner, pourtant de si noble naissance, n'ont pas cet honneur.

La tante Marie sembla se détendre et Roselys replongea dans ses pensées : qui pouvait lui donner l'adresse de Valsens ? Hermine Charvey ? Non, elle résidait chez ses parents à Versailles.

— Ma nièce, je vous parle !

Roselys tressaillit... Mais une idée venait de lui traverser l'esprit.

— Faites excuse. Aimée m'a raconté, tenta-t-elle, que vous comptiez la fiancer. Je ne souhaite nullement m'immiscer dans vos projets, ajouta-t-elle une main sur le cœur, mais ce M. de Valsens que vous lui destinez...

Elle prit un ton dramatique qui alerta aussitôt Mme de Croisselle.

— Eh bien quoi ? Parlez !

— Que savez-vous de lui ? demanda Roselys.

— Qu'il est le secrétaire et l'ami du comte d'Artois. Il possède des revenus plutôt confortables et un bel avenir devant lui. Je l'ai aperçu à un bal. Il m'a fait très bonne impression.

La jeune fille accentua son air inquiet.

– Où vit-il ?

– Il loue une aile de l'hôtel particulier de M. de Vitry, qui s'est retiré sur ses terres. Pourquoi ?

Roselys en fut pour ses frais. Elle insista :

– Oui, mais sa rue...

– Quoi, sa rue ? Finissez donc avec vos énigmes ! Habiter chez M. de Vitry, rue Neuve-Saint-Merri, n'a rien d'infamant, que je sache.

Roselys souffla de soulagement. Elle s'y rendrait dès la maison couchée. Il lui suffirait de demander le chemin à Mathieu, le palefrenier.

– Enfin, ma nièce, j'attends !

Roselys sursauta. Elle s'était encore perdue dans ses pensées.

– Vous avez mille fois raison, ma tante. Habiter chez M. de Vitry n'a rien d'infamant.

Elle fit une rapide courbette et se dirigea vers l'escalier. À peine avait-elle grimpé quelques marches que sa tante glapit dans son dos :

– N'allez pas ennuyer ma fille. Elle a besoin de repos.

Malgré l'ordre sec, Roselys poussa la porte de sa cousine. Aimée, roulée en boule dans l'ombre du lit à baldaquin, avait les yeux gonflés d'avoir trop pleuré. Avec ses cheveux blonds nattés sous sa coiffe de nuit, elle ressemblait à une petite fille triste. Roselys en eut le cœur serré.

— Louise et Aglaé t'embrassent, lui glissa-t-elle à voix basse. Louise est enrhumée et ton rosier a des boutons.

— Louise a des boutons ?

— Non, ton rosier...

L'effet de l'opium ne s'était pas dissipé. Elle prit la main d'Aimée pour la placer sur sa joue.

— Repose-toi, lui dit-elle, les larmes aux yeux.

Deux heures plus tard, Roselys avait revêtu son costume d'homme. Sa manche gauche était déchirée mais, par chance, le sang séché se remarquait à peine sur le tissu sombre. Puis elle coiffa sa perruque et ceignit son épée. Un rapide regard à son miroir lui confirma que son déguisement était parfait.

— Sans doute ma dernière sortie, souffla-t-elle à son reflet avec un soupir de regret.

La maison semblait endormie. Il était temps pour elle de s'éclipser. Aux écuries, Mathieu veillait encore. Elle sella Palmyre tandis que le valet fronçait les sourcils.

— Est-ce bien sérieux ? essaya-t-il de la dissuader. Rue Neuve-Saint-Merri, à cheval, la nuit... Et si vous faisiez de mauvaises rencontres ?

– Ne t'inquiète pas ! répondit-elle avec un sourire plein d'assurance. Dis-moi plutôt comment m'y rendre.

Il finit par céder devant sa détermination, et il lui expliqua le chemin, en y mêlant de nombreuses mises en garde. Puis il ôta le verrou de la porte.

Dans le silence de la rue, on n'entendait que les fers de sa monture qui résonnaient sur les pavés. Roselys caressa l'encolure de Palmyre. Voilà bien longtemps que la pauvre bête n'était pas sortie. Elle en piaffait d'impatience.

La jeune fille enfonça son tricorne sur sa tête et s'éloigna au petit trot.

35

— Paris est une ville insupportable, pesta-t-elle. Pleine d'impasses puantes, de recoins, de culs-de-sac grouillants de vermine... Une truie n'y retrouverait pas ses petits !

Malgré les explications du palefrenier, elle s'était perdue. La plupart des rues étaient dépourvues d'éclairage, et les carrefours se ressemblaient tous.

Elle avait été ennuyée par des mendiants ivres. Puis elle s'était résignée à demander son chemin à des prostituées postées à la porte d'un cabaret. Une heure plus tard, elle tournait enfin dans la rue Neuve-Saint-Merri, située à une demi-lieue à peine de la rue des Tournelles.

Du bruit ! Des cris ! Le cœur battant, elle lança Palmyre au galop. Elle craignait le pire et elle avait raison.

– À l'aide ! s'écria-t-elle en apercevant un homme aux prises avec deux individus. À l'aide !

Elle n'était plus qu'à cent pas lorsqu'elle reconnut Valsens. Les assaillants n'étaient autres que Degrenne et un ancien soldat à l'uniforme en loques.

– À l'aide ! hurla-t-elle de plus belle.

Par cette belle nuit d'été, des volets étaient ouverts. Les halos de bougies se distinguaient derrière les carreaux. Pourtant personne ne bougeait !

Valsens se battait du mieux qu'il pouvait. Son bras gauche pendait. Il était blessé ! Cette constatation arracha à Roselys un cri déchirant.

– Non ! hurla-t-elle lorsqu'il s'effondra.

Elle sauta de sa monture et tira son épée, prête à en découdre. Déjà le spadassin se jetait sur le corps inanimé pour le fouiller tandis que son compère se tournait vers elle, arme au poing.

La porte de l'hôtel particulier s'entrouvrit. Un valet âgé passa le nez dans la rue, avant de se risquer au dehors. Il était armé d'un antique tromblon au canon évasé, avec lequel il fit feu sans lancer de sommations.

La détonation claqua, assourdissante, semblant se répercuter sur tous les murs ! Instinctivement, Roselys rentra la tête dans les épaules et se boucha les oreilles. Degrenne... Il gisait au sol ! Le serviteur l'avait touché !

Mais elle n'était pas au bout de ses surprises. Voilà qu'une berline noire à deux chevaux arrivait, lanternes éteintes. La portière s'ouvrit à la volée et un homme en sauta. Il tenait un pistolet à la main. Roselys recula, tandis que le serviteur se précipitait à l'intérieur et claquait la porte derrière lui.

L'individu la pointa... Une incroyable peur s'empara d'elle. Mais non, il ne tira pas. Il se contenta de la mettre en joue et cria à l'ancien soldat :

– Les documents, prends-les, vite ! Fouille ses poches... Et Degrenne ?

– Mort, répondit l'autre, laconique.

Ensuite, les choses allèrent très vite. Il courut à la voiture, la besace et le carnet à la main. L'individu armé grimpa derrière lui. Le cocher cria un « hue » en jouant du fouet, et la berline repartit au galop dans la nuit.

Quelques instants plus tard, le calme régnait de nouveau. Roselys se pencha sur Valsens. Elle passa des doigts tremblants sur son cou, à la recherche de son pouls. Son cœur battait !

– Étienne ! Bon sang ! Parlez-moi !

Dans son dos, la porte de l'hôtel se rouvrit.

– Il est blessé ! cria Roselys.

– Crénom ! jura le valet en s'approchant. C'est mon jeune maître ! Va chercher le chirurgien ! ordonna-t-il à une femme qui se tenait derrière lui.

– Ne pouviez-vous pas intervenir plus tôt ? s'emporta Roselys. Ne les avez-vous pas entendus se battre ?

Le serviteur acquiesça avant d'avouer, gêné :

– C'est que, monsieur, nous ne sommes pas payés pour prendre de mauvais coups. Mais, ajouta-t-il fièrement, j'en ai quand même eu un !

Deux domestiques en chemise et bonnet de nuit vinrent inspecter les corps.

– Ç'uilà a passé[1], constata le vieux en observant Degrenne. Portez-le aux écuries. Mon gentilhomme, montez-le à ses appartements.

Mains sur les hanches, Roselys tentait de mettre de l'ordre dans ses pensées. Elle ressortit dans la rue où quelques voyeurs pointaient enfin leur nez pour commenter les évènements. Elle avait une furieuse envie de les insulter de tant de couardise, et se retint à grand-peine. Un enfant dépenaillé, un petit mendiant, lui amena deux chevaux par la bride. L'un était Palmyre, l'autre appartenait sans doute à Valsens.

– Sais-tu ce qui s'est passé ? lui demanda-t-elle.

Le gosse ne se fit pas prier.

– J'dormais là, sous une porte cochère. Le gentilhomme, il rentrait à cheval. Les deux voleurs

_____

1. Est mort.

sont arrivés à pied et lui sont tombés dessus. Ah !
çà, il s'est bien battu ! J'suis allé frapper à la porte
de l'horloger qui tient boutique à côté... Je sais qu'il
possède un mousquet[1] pour se défendre. Tu parles
d'un trouillard ! Il est même pas sorti ! Ensuite, vous
êtes arrivé.

Roselys le remercia et lui donna quelques pièces.
Elle alla confier les chevaux aux écuries, où un palefrenier l'interpella :

– Monsieur ! Le mort, il avait un papier bizarre
dans son gilet. Pouvez-vous le donner à M. de
Valsens ? Il le lui a p't-être volé...

Roselys reconnut aussitôt le mot que le policier
avait remis au spadassin, au cabaret.

– Je m'en occuperai, dit-elle en le glissant dans sa
poche sans le déplier.

Puis elle grimpa au premier étage, morte d'inquiétude, en avalant les marches.

La porte des appartements de Valsens était grande
ouverte. On l'avait porté dans une chambre et installé sur un lit. Il était inerte, livide... Elle sentit ses
jambes chanceler. Valsens se mourait !

Elle se précipita et lui saisit la main.

– Étienne... Mon Dieu, Étienne... Seigneur, faites
qu'il guérisse...

---

1. Fusil, arme à canon, long, qu'utilisaient les mousquetaires.

Chose curieuse, il ouvrit brusquement les yeux et lui assena d'un ton désagréable :

— Allez-vous cesser de me tripoter !

Elle le lâcha, écarlate, et s'écarta vivement. Ah l'affreux ! Puis la rage prit le dessus :

— Je ne vous tripote pas ! s'indigna-t-elle. Dire que je vous croyais au plus mal ! Vous n'étiez qu'évanoui ! Comme... une femmelette !

Elle se tourna vers le vieux serviteur qui entrait avec une cuvette d'eau chaude et des serviettes. Il était accompagné d'un individu portant une mallette, sans doute le chirurgien.

— Apportez vite des sels ! railla-t-elle. Monsieur a ses vapeurs.

Valsens se souleva sur ses oreillers avec une grimace. Des perles de sueur pointaient à son front. Il gémit.

— Place, s'écria l'homme.

Roselys se leva mais ne quitta pas la chambre pour autant. Avec douceur, le valet aida le blessé à se déshabiller. Sa chemise ôtée, elle eut un haut-le-cœur ! Valsens avait deux plaies, au bras et à l'épaule. Il ne feignait pas, il devait souffrir horriblement.

— Ces malandrins ne vous ont pas raté, commenta le chirurgien en sortant des pansements. Vous avez eu de la chance, aucun organe n'est touché. Huit jours au calme, et il n'y paraîtra plus. Tenez, buvez cette potion contre la douleur...

Une fois Valsens soigné et le praticien parti, la jeune fille s'approcha, prête à s'excuser.

— Vous êtes-vous bien rincé l'œil ? lâcha-t-il d'un ton morne.

— Goujat ! J'étais inquiète. Mais je vois que vous vous portez au mieux. Votre méchanceté est intacte, persifla-t-elle. Vous avez perdu du sang mais pas votre arrogance. Dieu soit loué !

Il soupira, puis lui indiqua la chaise auprès du lit.

— Nous avons à parler.

— Je suis désolée, bafouilla-t-elle. Je suis arrivée trop tard... À vrai dire je me suis égarée...

Il se toucha le front de la main d'un air fatigué. Elle se tut, consciente d'énoncer des propos confus. Puis elle lui raconta la conversation qu'elle avait surprise entre Féron et Degrenne, le spadassin.

— Les papiers, ils les ont emportés ? demanda-t-il.

— Oui, hélas. Le carnet aussi.

Il en parut accablé.

— Tout est perdu, souffla-t-il. Nous ne possédons plus aucune preuve pour sauver le mari de Juliette et je ne saurai jamais ce qui est arrivé à Alix.

On gratta à la porte. Le valet entra sur la pointe des pieds, mais resta en retrait dans la pénombre, de peur d'être indiscret.

— Picard, lui dit Valsens. Merci de m'avoir sauvé. Sans votre intervention, j'y laissais la vie.

Le vieux se tortilla avec un bon sourire.

— Bah, monsieur, je gardais un tromblon qui me venait de mon grand-père, avec sa poire à poudre et des balles. C'est qu'elle marche encore, cette antiquité ! Et je l'ai eu, ce vaurien ! Ils vous ont dérobé votre bourse ? s'inquiéta-t-il ensuite.

— Non. Des documents importants.

Picard se mit à rire franchement.

— Alors vous serez content. Ils n'ont pas tout volé.

Il leva la main et montra une poignée de papiers.

— Un petit mendiant les a ramassés. Il paraît qu'ils sont tombés d'un grand sac lorsque vos larrons ont fui dans leur berline.

Un double cri de victoire retentit dans la pièce ! Roselys se saisit des feuillets.

— C'est une partie d'un livre de comptes, constata-t-elle en parcourant la liasse. Et là, la liste des biens qu'il a soutirés à des bourgeois. Nous le tenons !

— Je dois me lever, lança Valsens dont le bras, bandé serré, l'empêchait de bouger.

— Tut tut tut ! Le chirurgien a dit huit jours de repos.

Mais il parvint à s'asseoir, puis à se mettre péniblement debout. Tout en titubant, il insista :

— J'ai un travail urgent à terminer.

Il essaya, d'un geste malhabile, d'enfiler une chemise propre. Le voyant s'empêtrer dans le vêtement, Picard se précipita pour l'aider.

— Monsieur, peut-être devriez-vous remettre cette démarche à demain.

— Merci, Picard. Mais c'est impossible.

Il poursuivit pour Roselys :

— Quand ils se rendront compte qu'ils n'ont pas tous les papiers, à coup sûr, ils reviendront. Et cette fois-ci en nombre suffisant, pour nous reprendre les documents et... le reste.

Il avait appuyé sur le mot « reste », sans doute pour ne pas parler de la sacoche d'or devant le serviteur. Roselys acquiesça, et il enchaîna tandis que Picard nouait sa cravate :

— Nous devons porter au plus vite ce que nous avons à M. Necker, le contrôleur général des Finances.

— Je m'en charge, annonça Roselys.

— Le gardien de l'hôtel de Lionne ne vous connaît pas, il ne vous ouvrira pas. À moi si. Picard ! Qu'on attelle mon cabriolet. Mais... je ne peux le mener, il nous faudrait un cocher...

— Je le conduirai, proposa Roselys.

Il la regarda avec méfiance, ce qui la fit ricaner, ravie.

— Attendez de me voir à l'œuvre.

Le valet observa son jeune maître sortir un sac d'une armoire. Il semblait si lourd qu'il le lui prit des mains.

– Tudieu! s'écria-t-il. Ça pèse un âne mort! Qu'avez-vous mis là-dedans?

– De quoi faire triompher la Justice, répliqua Valsens d'un ton sibyllin.

36

Une belle journée s'annonçait, avec un magnifique soleil et un filet d'air bien agréable. Roselys soupira d'aise.

La voiture de la reine cahotait sur la route de Versailles. Contrairement à ce qu'elle avait supposé, Marie-Antoinette l'avait envoyée chercher à Paris à la première heure.

Aujourd'hui, 1er août 1780, était un jour mémorable : la reine de France jouait pour la première fois devant un public dans son joli théâtre.

Roselys, souriante, se rappela les évènements de la nuit. D'abord la mine épouvantée de Valsens lorsqu'elle avait pris les rênes...

– J'adore mon cabriolet anglais, lui avait-il glissé d'un ton inquiet. Et j'adore aussi ma jument pommelée. Je vous serais obligé d'en prendre soin.

– Seriez-vous un peu misogyne ? avait-elle fini par insinuer alors qu'il s'obstinait à lui donner des conseils.

– Absolument pas. Je ne déteste, ni ne méprise les femmes. Attention à la borne cavalière...

– Je l'ai vue, monsieur, avait-elle ri. Fermez les yeux si vous avez trop peur.

Ensuite, le gardien de l'hôtel des Finances les avait fait entrer. Valsens et lui avaient eu l'air de bien se connaître, au point de se donner une poignée de main, geste plutôt incongru entre un serviteur et un gentilhomme. Après avoir déposé la sacoche sur le bureau de M. Necker, le jeune homme avait écrit un simple mot d'explication :

« *M. de Féron a extorqué cet or à des innocents. Certains en ont perdu la vie. Faites en sorte que lui et ses semblables ne puissent plus agir ainsi.* »

– Vous ne signez pas « Thémis » ? s'était étonnée Roselys. Pourtant, c'est l'œuvre de votre société.

– Thémis n'existe pas, avait-il expliqué en regardant le gardien avec un sourire de connivence que celui-ci lui avait rendu.

À leur retour, Valsens avait été mis au lit par un Picard intraitable. Son pansement était ensanglanté, et la potion contre la douleur avait cessé son effet depuis bien longtemps.

— Il faut qu'il se repose, avait glissé Roselys au valet en partant.

— J'y veillerai, monsieur, l'avait rassurée Picard.

— Quelle nuit ! soupira Roselys en voyant approcher les grilles de Trianon.

M. Necker avait sûrement pris connaissance des documents. Roselys l'imagina filer de toute urgence chez son confrère de la police. Une signature sur une lettre de cachet et le destin de Féron serait scellé ! Peut-être même avait-il déjà été tiré du lit par le lieutenant général de police, et jeté dans une voiture, en route vers la Bastille.

Elle sourit, ravie. Elle avait été blessée, et Valsens aussi, mais pas en vain : M. Girard, le mari de Juliette, allait retrouver liberté, biens et honneur.

À son arrivée dans la cour pavée, M. Campan la héla :

— Je désespérais de vous voir. Nous avons de fâcheux contretemps, et je ne peux pourvoir à tout. La petite Mme de Polastron nous fait une grosse fièvre...

— Ah oui ! Hier, Louise était très enrhumée.

— Sa Majesté a décidé que Mme la duchesse de Guiche la remplacerait. Elle apprend le rôle de Betzi depuis ce matin, sans grande conviction, je le crains. Nous jouons à six heures, cet après-midi. Elle ne sera jamais prête...

– Je m'en occupe.

Elle l'accompagna d'un pas rapide au théâtre où régnait une activité fébrile. Des ouvriers des Menus-Plaisirs couraient en tous sens, préparant les toiles de décors, vérifiant les poulies de la machinerie.

La reine passait et repassait, suivie de sa fidèle Mme de Polignac. Heureuse comme jamais, elle donnait ses ordres.

– Votre Majesté, annonça une servante, Mlle Bertin est au salon avec vos costumes.

– J'y cours. Dieu que c'est amusant !

Roselys fit une petite révérence sur son passage, mais la souveraine ne s'aperçut même pas de sa présence.

– Monsieur Campan ! Faites dire aux communs que nous souperons à neuf heures. Et pensez à prévenir les courtisans qu'ils ne sont plus invités. Vous demanderez à mes femmes de chambre et à mes lectrices de venir à leur place... accompagnées de leurs sœurs ou de leurs filles.

Le bibliothécaire acquiesça de la tête, tandis que Marie-Antoinette se tournait vers son amie.

– Comme cela, je serai à l'abri des critiques des mauvaises langues.

Voyant son étonnement, elle expliqua :

– Quel plaisir y aurait-il à jouer devant une salle vide ? Nous aurons ainsi une quarantaine de spectateurs.

— Il s'agit de serviteurs, Madame, bien indignes de vous...

— Certes, mais ces femmes me sont parfaitement fidèles, et elles ne médiront pas de moi.

Puis la reine s'envola vers le château. M. Campan soupira :

— Quel tollé Sa Majesté va soulever ! Quand les ducs et les princes apprendront qu'on leur refuse l'entrée du théâtre au profit de domestiques, ils seront furieux. Le remède risque d'être pire que le mal.

Roselys découvrit Aglaé assise sur une banquette de velours bleu. La pauvre tentait, dans ce bruyant capharnaüm, d'apprendre la pièce en répétant ses tirades à haute voix.

— Allons au dehors, lui proposa Roselys.

Les heures suivantes se passèrent, à l'ombre d'un arbre, à rabâcher le rôle de Betzi. Par chance, le jeu qu'elle avait organisé la veille pour encourager Louise à se délier avait porté ses fruits. Aglaé avait mémorisé elle aussi, sans s'en rendre compte, une bonne partie des dialogues.

Elles prirent à deux heures un encas sur le pouce et virent arriver l'un après l'autre les membre de la Troupe des Seigneurs, certains blasés, comme Vaudreuil, d'autres excités par leur prochaine prestation, comme M. d'Adhémar ou le comte d'Artois.

Roselys, qui s'étonnait que le bruit de la chute du fermier général ne soit pas encore parvenu à Versailles, tenta :

— M. de Féron n'est pas avec vous ?

— Non, pourquoi ? plaisanta Vaudreuil. Sa présence vous manque ?

— Non point.

Aglaé se mit à glousser :

— Roselys lui préfère un certain gentilhomme...

— Aglaé ! la reprit-elle, furieuse du commérage.

— Vous avez raison, approuva Vaudreuil qui ajustait sa cravate devant un miroir. Féron est riche, mais guère fréquentable pour une jeune fille.

« Ainsi, pensa Roselys, personne n'était encore au courant de son arrestation. Curieux, étrange. D'ordinaire, à la Cour, tout se savait très vite... »

Les costumes eurent un vif succès. Chacun les essaya et vint se faire admirer au salon. Celui de la reine pour son rôle de Gotte allait parfaitement ; Vaudreuil chahutait Artois, qui se trouvait très beau en valet ; Besenval se moquait d'Adhémar en roi.

On s'amusait de bon cœur, avec cette excitation si particulière qui précède les levers de rideau. Roselys elle-même ne tarda pas à être gagnée par la bonne humeur.

Aglaé parut à son tour, ce qui déclencha de nombreux commentaires flatteurs.

— Tournez, lui demanda Roselys.

Malgré ses douze ans, Aglaé était bien plus grande que Louise. La robe de Betzi lui arrivait aux chevilles. Si la chose était normale pour Gotte, une servante active, elle frisait l'indécence chez une jeune fille de la noblesse telle que Betzi.

Roselys s'assit aux pieds d'Aglaé et, bien qu'elle ne fût pas experte en couture, elle s'attela aussitôt à défaire l'ourlet.

— Judicieuse initiative, lui déclara Rose Bertin, la couturière de la reine. Mais cessez, mademoiselle, mes employées s'en chargeront.

— Laissez-moi faire, se prit à rire Roselys. Je participe de mon mieux en décousant. Vos ouvrières n'auront plus qu'à recoudre, dès le dernier fil ôté.

Elle s'apprêtait à continuer, lorsqu'elle surprit les yeux de Marie-Antoinette posés sur elle. Roselys se sentit blêmir. De quelle sorte était le regard de la reine ? Amical ? Courroucé ? Non, pire, neutre, sans expression.

Roselys l'avait-elle contrariée ?

Elle n'avait rien à faire au salon avec les comédiens, réalisa-t-elle. Elle n'était que la répétitrice, presque une domestique. Elle posa les ciseaux et commença à se lever pour prendre congé. Mais, à sa grande surprise, la souveraine lui glissa avec un sourire figé :

– Poursuivez, mademoiselle, vous faites un travail fort utile.

Une femme de chambre, depuis la porte, toussota.

– Mme la princesse de Lamballe demande à être reçue, annonça-t-elle. Elle est fort marrie de ne pas être invitée et déclare que, de par sa fonction, elle se doit d'être à vos côtés.

– Ah ! soupira la reine, gênée. Je m'en doutais.

– Qui veut parier qu'elle va encore s'évanouir ? railla Vaudreuil.

La Troupe des Seigneurs se mit à rire.

Longtemps la princesse de Lamballe avait tenu une grande place auprès de Marie-Antoinette. La souveraine avait même remis au goût du jour, pour plaire à son amie, si sage et si discrète, la très lucrative charge de surintendante de sa maison.

Mais la reine était versatile. Si elle aimait avec passion, elle se lassait tout aussi vite. Or, Mme de Lamballe était sujette aux vapeurs. Elle se pâmait à la moindre contrariété, à tout propos, ce qui finit par agacer la souveraine. L'arrivée à la Cour de la ravissante Mme de Polignac, bien moins raisonneuse et beaucoup plus amusante, mit un terme à leur complicité. La fidèle princesse, à son grand désespoir, avait été supplantée.

– Je ne la recevrai pas, répondit Marie-Antoinette. Faites-lui savoir que je n'accorderai aucun passe-droit. Je suis à Trianon en simple particulière, et n'ai aucunement besoin de ses services de surintendante.

Quelques instants plus tard, la femme de chambre revenait.

— Mme la princesse de Lamballe s'est évanouie.

Un immense éclat de rire parcourut le salon. Vaudreuil pérora aussitôt :

— J'ai gagné !

— Qu'on la raccompagne à Versailles, ordonna Marie-Antoinette, afin qu'elle s'y repose. Et vous ferez prendre de ses nouvelles dès demain. Dites-lui que je passerai la visiter.

Aglaé soupira :

— Quel dommage que Louise ne puisse assister à la représentation.

— Bichette va donc si mal ? s'inquiéta le frère du roi. Je pensais qu'elle avait exagéré ce rhume afin de ne pas avoir à jouer. Elle est si timide.

Il semblait avoir perdu sa bonne humeur, ce qui amena une moue boudeuse sur le visage d'Aglaé. Elle lui expliqua :

— Sa fièvre était si forte qu'on a dû la saigner hier soir.

— J'irai la saluer... Tiens, voilà Valsens ! Fichtre ! Que vous est-il arrivé, Étienne ?

Le jeune homme salua. Il portait un justaucorps bleu ciel sur ses épaules et son bras gauche, dessous, était soutenu par une écharpe.

Roselys en laissa tomber ses ciseaux ! Elle avait bien envie de lui dire de retourner au lit. Le chirurgien ne lui avait-il pas prescrit huit jours de repos ?

— Tête de mule, souffla-t-elle entre ses dents.

Elle se souvint de ses deux blessures, béantes, sanglantes, lorsque Picard l'avait déshabillé. Dieu du ciel, qu'il était beau ! songea-t-elle tout à coup. Valsens possédait un torse puissant, des muscles saillants... Elle rougit, épouvantée par la vision qui venait de lui traverser l'esprit de façon si inconvenante.

— Qui vous a mis dans cet état ? demanda le prince. Un mari jaloux ? Lorsque vous avez refusé, hier, de m'accompagner à la Comédie-Française, j'étais loin de penser que vous alliez en découdre !

— Qui est-ce ? plaisanta Vaudreuil. Que nous évitions ce malotru aussi ombrageux que violent.

— Personne, répondit Valsens en riant. J'ai croisé des malandrins qui en voulaient à ma bourse.

— Alors l'époux de la dame n'y est pour rien ?

— Qui vous dit qu'elle en a un ? jeta Valsens avec un sourire plein de mystère.

— Pas de mari ? s'étonna Vaudreuil. Il s'agirait d'une jeune fille ? Voilà qui est nouveau.

– Mlle d'Angemont a rougi, pouffa Aglaé. Je l'ai vue !

Roselys piqua du nez. Que prenait-il à cette bécasse de citer son nom et de laisser supposer...

– C'est vous ? s'esclaffa le prince. Valsens, mon ami, je comprends que vous préfériez sa charmante compagnie à la mienne.

Roselys en suffoqua d'indignation.

– Qu'allez-vous imaginer ? s'emporta-t-elle. M. de Valsens et moi ? Et puis quoi encore !

La Troupe des Seigneurs hurla de rire. Sa façon de les détromper était si abrupte qu'elle ne faisait que renforcer leurs soupçons.

– Seraient-ce les prémices d'une idylle ? plaisanta Vaudreuil.

– Permettez-moi de ne rien ajouter, répliqua Valsens avec un fin sourire.

Puis il se tourna vers les comédiens.

– Jolis costumes. Êtes-vous prêts à brûler les planches ? J'aurais tant aimé vous admirer !

– Impossible, monsieur, déclara la reine.

– Ma sœur, supplia le comte d'Artois, acceptez !

– Hélas non. N'ai-je pas dit qu'il n'y aurait pas de passe-droit ?

– Et s'il restait dans les coulisses ? Pour faire plaisir à Mlle d'Angemont qui est fort jolie, tout empourprée comme une rose...

— Alors, fit la reine en riant, si c'est pour plaire à Mlle d'Angemont, je suis d'accord. Dans les coulisses et surtout qu'il n'en dise rien.

37

— **M**onsieur, vous êtes un mufle ! chuchota Roselys à Valsens une heure plus tard.

Ils se tenaient dans les coulisses du petit théâtre. Dans quelques instants, la pièce allait commencer. Les machinistes tournaient autour d'eux, et M. Campan venait de s'asseoir sur un tabouret, texte en main, pour faire office de souffleur.

– Chut ! l'arrêta Valsens en lui montrant le bibliothécaire.

La rampe de quatre-vingts chandelles allumées remonta du sous-sol par un ingénieux système, afin d'éclairer la scène.

À deux pas, la reine, nerveuse, demanda :

– Le roi est-il là ?

– Oui, l'avertit le comte d'Artois, l'œil collé à un trou percé dans le rideau de scène bleu et or. Il est assis avec nos tantes. Il a l'air de bonne humeur.

– Tant mieux. Je crains fort qu'il n'écoute ces mauvais coucheurs de la Cour, et qu'il m'interdise le théâtre... Pourvu qu'il aime !

– Il aimera, la rassura-t-il. Notre frère le comte de Provence arrive avec son épouse. Et voilà la mienne... fidèle à elle-même, médiocre et effacée. Sans doute ira-t-elle se cacher dans quelque recoin, ajouta-t-il d'un ton amer, comme elle le fait d'ordinaire.

– Charles ! Vous parlez de votre épouse !

– Une princesse si digne et si pieuse, railla-t-il, qui médit pourtant dans votre dos, poussée par cette peste de Marie-Joséphine...

La reine n'insista pas. Malgré une entente de façade, les comtesses d'Artois et de Provence n'aimaient pas Marie-Antoinette.

Marie-Thérèse et Marie-Joséphine étaient sœurs, issues de la maison de Savoie, mariées aux deux frères cadets du roi. Contrairement à Madame Élisabeth et au comte d'Artois, elles avaient refusé de jouer au théâtre, estimant cette activité indigne de leur rang. Espéraient-elles qu'un fiasco viendrait ternir la réputation de leur rivale ? Sûrement.

Car rivales, elles l'étaient. Marie-Antoinette, après dix ans de mariage, n'avait pas donné de Dauphin à la France. Si Louis XVI venait à mourir brusquement, son frère le comte de Provence monterait sur le trône. Marie-Joséphine deviendrait reine. Marie-Thérèse, sa sœur, serait alors la deuxième dame du royaume. Quant à Marie-Antoinette, elle se verrait reléguée aux oubliettes...

– En place, cria-t-on.

Gotte tressaillit ! Elle respira profondément. Puis elle se posta au centre de la scène, le cœur battant, sa paire de manchettes de dentelle à la main. Morte de peur, elle fit signe au régisseur et ferma les yeux pour se concentrer.

L'homme frappa douze coups au sol avec un brigadier de bois. Trois autres coups, venant du côté opposé, des cintres et du sous-sol lui répondirent. Tout le monde était prêt.

Lentement, le rideau se leva.

– *Nous nous plaignons, nous autres domestiques, et nous avons tort...*

Dans la salle éclairée de quatre cents petites lampes à huile, on se regarda, stupéfait. Marie-Antoinette en soubrette ! La reine repassant du linge ? Des « oh » et des « ah » se succédaient, certains ravis, d'autres choqués.

Les femmes de chambre appréciaient, hilares, de voir leur maîtresse les imiter. Les dames de la famille royale, elles, faisaient grise mine et échangeaient des confidences acides derrière leurs éventails : la reine

en servante, applaudie par ses propres domestiques...
« Quelle misère ! », semblaient-elles dire.

Mais le roi, bon public, riait de grand cœur aux plaisanteries de son épouse, et les mécontents finirent par se taire, de peur de lui déplaire.

38

Valsens attira Roselys dans le couloir qui menait aux loges.

— Féron s'est enfui, lui apprit-il. Comme il est parti sans même prendre un bagage, je suppose qu'il se cache chez un ami. J'espérais profiter de la représentation pour glaner quelques informations... Seulement Trianon est interdit aux courtisans, sur ordre de la reine... Je ne peux me renseigner auprès de personne !

— Si, il reste le Cerbère de ces lieux.

Elle le prit par son bras valide et l'entraîna vers la sortie. Tout en marchant, elle ajouta :

— Peut-être le concierge aura-t-il des choses à nous apprendre ? Je suis prête à parier que les serviteurs lui rapportent tout ce qu'ils entendent. C'est ainsi dans toutes les grandes maisons.

Mais M. Bonnefoy avait fort à faire ! Quatre ou cinq voitures étaient rangées le long des grilles. Leurs nobles occupants, furieux, réclamaient des explications, quand ce n'étaient pas des excuses. Le pauvre homme, rompu à la diplomatie des salons, répondait au mieux d'un air aimable, tout en reconduisant respectueusement les non-invités.

— Dur métier ! plaisanta Valsens à moitié.

Une fois les importuns renvoyés, M. Bonnefoy leur déclara :

— M. de Féron ? Je l'ai vu, il n'y a pas plus d'une demi-heure. Il souhaitait rencontrer le comte d'Artois. Ah çà ! j'ai refusé tout net ! Il était fort en colère, mais je n'ai pas cédé. J'ai reçu des ordres : plus personne ne doit entrer, une fois la reine sur scène.

Roselys, sourcils froncés, s'enquit :

— Auriez-vous remarqué dans quelle direction il est reparti ? Versailles ou Paris ?

— Ni l'un ni l'autre, mademoiselle. Sa voiture est toujours là, à cent pas dans l'allée. Je pense qu'il va attendre la fin de la représentation et demander de nouveau à être reçu.

Les deux jeunes gens se regardèrent avec un sentiment de victoire. Puis Valsens glissa au concierge :

— Ce monsieur est recherché par la police. Peut-être devriez-vous en informer les gardes suisses, avant qu'il ne cause quelque scandale.

M. Bonnefoy ne s'inquiéta pas un instant de savoir pourquoi la police recherchait Féron. Il répliqua sans sourciller :

— Je n'aime guère ce fermier général. Il n'a aucunes manières et en prend trop à son aise. Bien sûr, je vais prévenir les gardes.

Le dénouement était proche. Féron ne tarderait pas à se faire arrêter dans sa voiture.

— Rentrons au théâtre, proposa Roselys.

Ils traversèrent la cour des communs, puis s'engagèrent dans le jardin français. Un valet s'y trouvait, vêtu d'une livrée jaune or. Sur le moment, Roselys ne s'en étonna pas. Les communs, n'était-ce pas l'endroit où se rassemblaient les domestiques ?

Seulement ce costume jaune... Les serviteurs de la reine étaient habillés de rouge et d'argent. L'homme de haute taille se détourna, leur montrant son crâne à la chevelure filasse très clairsemée.

— Cette couleur or, souffla Roselys, c'est celle de la maison de...

Elle ne put prononcer un mot de plus. L'individu, se retourna, et la saisit brusquement par le cou, puis elle sentit le froid d'une lame sur sa gorge !

— Ne bougez pas, ordonna la voix de Féron.

Il avait revêtu le costume de son cocher. Sans sa perruque poudrée, et ainsi déguisé, il était presque méconnaissable.

— Pourquoi a-t-il fallu que je tombe sur vous ! enragea-t-il. Mademoiselle, je ne veux pas entendre le son de votre voix. Quant à vous, Étienne, ne tentez rien. Je la tuerai sans l'ombre d'un remords !

Le jeune homme leva sa main valide en signe d'apaisement. Puis il essaya de parlementer :

— Vous êtes pris, Lucien, peut-être est-il temps de vous rendre ?

— Jamais ! Tout cela est de votre faute. Vous m'avez dénoncé aux Finances, n'est-ce pas ? Que vous ai-je fait ? Si vous lorgniez sur mon argent, j'en avais largement pour deux. Nous aurions pu nous arranger !

— Votre magot ne m'intéresse pas...

— Alors pourquoi ? insista Féron.

Roselys, qui n'en menait pas large, attendit la réponse. De la réaction du fermier général dépendait sa vie. Valsens allait-il parler des justiciers de Thémis et de l'époux de sœur Juliette ? Non. Le jeune homme se borna à lancer :

— Ma fiancée, Alix de Costebelle, a été enlevée. Je sais que vous êtes lié à sa disparition.

Féron sursauta, déstabilisé par l'attaque. Le nom de la demoiselle avait fait son effet.

— Qu'est-il arrivé à Alix ? poursuivit Valsens. D'où la connaissiez-vous ?

— Je l'ai rencontrée l'an dernier, reconnut Féron d'un ton angoissé, longtemps avant de faire votre connaissance. J'ai organisé sa... fuite, c'est vrai... Une fuite, reprit-il avec force, pas un enlèvement. Ne la cherchez plus, lança-t-il ensuite, le regard fou. Elle vit heureuse avec l'élu de son cœur, un seigneur qui la choie, telle une princesse.

Valsens, après quelques interminables secondes, proposa :

— Si vous m'en dites plus, je vous aiderai. J'interviendrai auprès du comte d'Artois. Il est puissant. Il vous évitera la prison.

Le fugitif parut hésiter. Il dansait d'un pied sur l'autre tout en serrant plus fort le cou de Roselys. Elle fixait les yeux de Valsens. « Quand allez-vous agir ? », semblait-elle supplier.

Mais le jeune homme poursuivit ses palabres :

— Où se trouve Alix ? Avec qui a-t-elle disparu ? Pourquoi ne m'a-t-elle pas écrit ?

L'avalanche de questions mit Féron mal à l'aise. Roselys le sentit se raidir. Elle avait du mal à respirer tant il la tenait serrée...

— Si je parle, avoua-t-il, il me tuera...

— Qui « il » ? le pressa Valsens.

L'homme s'affola. Contre le dos de Roselys, son cœur battait à tout rompre.

— Ne la cherchez pas, vous dis-je ! Elle ne vous aimait plus et vous n'auriez pu la rendre heureuse, avec votre train de vie modeste.

Valsens accusa le coup, narines frémissantes de colère.

— À présent, reprit Féron, nous allons marcher doucement vers les jardins. Restez tranquille, et je ne ferai pas de mal à la demoiselle...

Mais Roselys, qui en avait assez d'attendre et de se taire, passa à l'attaque. Elle lui planta un violent coup de coude dans l'estomac ! Sous le choc, Féron lâcha couteau et prisonnière. Plié en deux, il tenta en vain de reprendre son souffle. Roselys ne perdit pas de temps. Elle le frappa de nouveau du tranchant de la main sur la nuque. Il s'effondra au sol, étourdi.

— Tudieu, que ça fait mal ! grommela-t-elle.

Elle secoua sa main endolorie en grimaçant et expliqua, fière d'elle :

— Excusez-moi d'avoir pris quelques initiatives, mais je commençais à trouver le temps long.

Valsens la regarda, éberlué. La jolie demoiselle qu'il avait en face de lui, vêtue d'une élégante polonaise de chez Mlle Bertin, venait-elle d'assommer un homme ? Oui, sans aucun doute.

— Fermez donc votre bouche, lui dit Roselys, hilare.

Des domestiques arrivèrent. Après quelques mots d'explication, Féron fut livré aux gardes suisses.

— Venez vite, poursuivit-elle en tirant le bras de Valsens alors qu'on emmenait le financier, je m'en voudrais de ne pas applaudir la reine sur scène...

39

Louise de Polastron, tout comme Aglaé et sa mère, était logée dans l'attique, sous les toits. Basse de plafond, sa chambre possédait une petite fenêtre carrée qui donnait sur les jardins.

En un autre lieu, une telle pièce aurait abrité quelques domestiques mais, ici, à Trianon, ce si petit château, les mansardes étaient attribuées à d'illustres invités.

Louise se remettait doucement de son accès de fièvre et ses amis ne manquèrent pas de la visiter dès le lendemain de la représentation. Outre la reine, Aglaé et sa mère, le frère du roi, rejoint par Valsens et Vaudreuil, lui tenait compagnie.

– Quel succès ! lui raconta Marie-Antoinette en riant de bonheur. Le roi m'a dit qu'il ne s'était jamais tant amusé. Il exagère pour me faire plaisir, bien sûr, mais j'en suis ravie.

– J'ai cru mourir de peur, avoua Aglaé, assise au pied du lit.

– Guichette, vous étiez parfaite, la complimenta le frère du roi, ce qui arracha à la petite duchesse un sourire satisfait. Comme tous nos amis, d'ailleurs. Ah ! la Troupe des Seigneurs débute une carrière prometteuse ! La Comédie-Française n'a qu'à bien se tenir ! Il ne manquait que vous, Bichette...

Louise était couchée, languissante. Elle était délicieuse avec ses boucles blond cendré qui s'échappaient de son bonnet de dentelle.

Le comte d'Artois ne l'avait pas quittée depuis le matin. Il avait passé de longues heures à son chevet pour la distraire, au grand dépit d'Aglaé qui voyait son soupirant lui échapper.

Louise se morfondait : son jeune époux n'avait pas daigné venir la voir. En cadeau de mariage, le roi lui avait offert un régiment. Or, Denis de Polastron rêvait d'une brillante carrière militaire et il s'apprêtait à gagner Strasbourg sans délai. La jeune mariée n'avait reçu de lui, en guise d'adieux, qu'un petit mot laconique qui lui arrachait le cœur.

– Savez-vous que ce goujat de Féron loge à la Bastille ? annonça Aglaé. Il aurait dérobé près d'un million de livres en deux ans et envoyé au gibet des innocents !

– Mon cher Étienne, lança le comte d'Artois, j'avoue que je me suis toujours demandé ce qui vous plaisait en Féron.

Valsens, debout à l'écart, l'épaule bandée, lâcha un rire avant de plaisanter :

– Ce qui me plaisait en lui, c'était sa femme.

Le prince s'esclaffa, enchanté de son bon mot.

– N'avez-vous pas honte ? le réprimanda Louise. Si Roselys vous entendait !

– Mlle d'Angemont sait bien que je suis plus diable qu'ange.

– Justement, la voilà, annonça la reine qui regardait par la fenêtre. Elle arrive avec sa cousine. Cela tombe bien, je souhaitais lui parler. Guichette, ma mignonne, demanda-t-elle à Aglaé, courez lui dire que je l'attends dans mon petit salon. Rejoignez-moi ensuite dans les jardins, ajouta-t-elle pour les autres. Allons nous promener. Il faut laisser notre Bichette se reposer. Elle est encore bien pâle...

Le cœur de Roselys se mit à battre. Que lui voulait la souveraine ? À peine furent-elles seules que Marie-Antoinette, visage fermé, attaqua :

– Lorsque vous avez surpris ma conversation avec M. de Mercy, vous avez tout compris, n'est-ce pas ? Ne mentez pas, je vous prie.

Elle avait l'air si soucieuse ! Roselys, gênée, acquiesça de la tête.

— Effectivement, Votre Majesté. Je connais un peu d'allemand.

— Un peu ?

— Assez pour le comprendre, reconnut-elle à voix basse en piquant du nez. De même que je parle l'anglais et l'italien.

Marie-Antoinette resta pensive, les mains jointes, tandis que Roselys retenait sa respiration.

— Mademoiselle, puis-je compter sur votre discrétion ? Ou dois-je m'attendre à quelque sordide chantage en échange de votre silence ?

Roselys se jeta à ses genoux.

— Votre Majesté ! Je ne cherchais pas à vous espionner, pas plus qu'à vous nuire, je vous le jure, je vous suis fidèle ! Dieu m'est témoin que je ne me trouve ici ni par intérêt ni par ambition. Je suis une campagnarde qui n'aime pas les mondanités...

Marie-Antoinette l'arrêta d'une main sur l'épaule.

— Cessez. Je vois que vous dites vrai.

Elle fit un pas en arrière et poursuivit :

— Je vous pardonne. Nous rejouons dans dix jours deux nouvelles pièces. La représentation d'hier était loin d'être parfaite, et je souhaite que la prochaine soit sans défaut. Je veux que vous m'aidiez. Et puis, souffla-t-elle à voix basse, j'ai grand besoin de personnes honnêtes à mes côtés.

Roselys hocha la tête.

— Vous pouvez compter sur moi, Madame.

— J'en suis heureuse. Vous pouvez disposer.

Mais Roselys ne s'était pas éloignée de trois pas que la reine reprenait :

— Dites-moi... Qu'en est-il de vous et de M. de Valsens ?

La jeune fille rougit violemment.

— Rien, Madame ! s'indigna-t-elle. Certains se plaisent à exagérer nos relations.

— M. de Valsens est charmant, mais très volage. Je n'aimerais pas qu'il vous brise le cœur par de fausses promesses.

— Je m'en souviendrai, Votre Majesté.

Roselys commençait à partir à reculons lorsque la souveraine l'interrompit de nouveau.

— Mademoiselle...

— Oui, Votre Majesté ?

Marie-Antoinette sembla hésiter. Elle effectua quelques pas qui firent froufrouter sa robe de taffetas vert, puis elle se tourna vers Roselys.

— Si je venais... à vous demander... de me rendre... de menus services... accepteriez-vous ?

Elle parut de nouveau tendue, les mains croisées, serrées sous sa poitrine.

– Naturellement, Votre Majesté.

– Merci. Et pas un mot à quiconque. Laissez-moi, à présent.

Roselys regagna les jardins en courant. Les derniers mots de Marie-Antoinette avaient fait pousser des ailes à ses talons ! La reine avait confiance en elle ! Elle avait envie de rire et de danser !

– Que vous voulait Sa Majesté ? l'interpella Étienne de Valsens sur le sentier qui menait au temple de l'Amour.

Aimée et Aglaé s'y trouvaient déjà, en compagnie du comte d'Artois et de Mme de Polignac.

– Chut ! fit la jeune fille, espiègle, un doigt sur la bouche. C'est un secret.

Il la tira en dehors du chemin, pour aller se perdre au bord du petit cours d'eau.

– Un secret ? Racontez vite !

– Certes pas ! Vous avez les vôtres, et moi les miens. Comment se nomme le Vénérable, déjà ? demanda-t-elle, narquoise et sûre de la réponse.

– Je ne peux vous le dire, vous le savez bien...

– Et moi, je ne peux vous répéter les mots de la reine. Nous voilà à égalité.

Elle se pendit à son bras valide et s'enquit :

— Avez-vous des nouvelles de notre cher Féron ?

— Je gage qu'il n'aura guère aimé son souper à la Bastille, où il a une belle cellule sur cour. Il a dû y trouver le vin exécrable, et son nouveau lit bien dur ! Les draps trop rêches le démangeront sûrement... Je crains, reprit-il plus sérieusement, que son procès ne se déroule à huis clos. Les Parisiens n'aiment pas les fermiers généraux. Le roi ne voudra pas risquer une émeute.

— Il est fort dommage que ses vols ne soient pas rendus publics. Mais au moins, il ne nuira plus.

— Vous avez raison. Ceux qu'il a fait emprisonner pour dettes seront libérés et, en premier lieu, le mari de sœur Juliette.

Après un soupir, Roselys lui fit face.

— Ne me dites pas que tout est fini...

Il se méprit sur ses mots et s'éclaircit la voix avant de répondre :

— Enfin... Il n'y a jamais rien eu entre nous...

Cela la fit sourire.

— Vous vous trompez, nous partageons de nombreuses choses. Je vous ai aidé et j'ai droit à ma part de lauriers pour cette arrestation.

— C'est exact. Mais, souvenez-vous que le Vénérable a dit que ce n'était que temporaire.

— Je m'en souviens. Par chance, ma mémoire est plutôt bonne, plaisanta-t-elle. Peut-être un jour serai-je digne de vous... Des Enfants de Thémis, voulais-je dire, se rattrapa-t-elle en rougissant.

Le lapsus, si c'en était un, le fit s'esclaffer. Pour se venger, Roselys le frappa de son poing fermé.

– Ouille! se plaignit-il mollement, allez-vous cesser! Je suis blessé, tout de même.

– Vous êtes un affreux prétentieux!

– Moi? répondit-il avec une évidente mauvaise foi. Non point. Je crois que je vous plais... un peu.

– Je fais semblant, se défendit-elle.

– Que nenni. Je lis en vous comme dans un livre ouvert.

– Menteur...

Ils se regardèrent dans les yeux, se jaugèrent, avant d'éclater de rire.

Puis Roselys prit de nouveau son bras pour regagner le chemin. Il faisait un temps d'été superbe, l'air avait un goût de bonheur. Au loin, la reine venait de passer le pont du temple de l'Amour pour rejoindre ses amis.

La jeune fille gonfla ses poumons, les yeux mi-clos, et s'enivra des senteurs des fleurs. Mais elle remarqua que Valsens s'était rembruni.

– Quelque chose ne va pas?

Il serra sa main posée sur son bras.

– Nous n'avons, hélas, pas pu aller au bout de cette enquête. Degrenne est mort, il ne pourra nous dire qui l'employait et pourquoi il suivait Hermine. Je suis sûr que Féron ne parlera pas non plus, il a trop peur. Je ne saurai jamais avec qui Alix s'est enfuie.

— Féron avait raison sur un point : ne vous entêtez plus à chercher votre fiancée. Puisqu'elle en aime un autre, peut-être devriez-vous l'oublier ?

Voyant son air morose, elle attrapa à deux mains les revers de son justaucorps pour le secouer.

— Pensez plutôt aux nouvelles aventures que nous allons vivre.

— Nous ?

— Croyez-vous que je vais vous lâcher ? Encore une ou deux missions, et les Enfants de Thémis m'accepteront parmi eux.

— Impossible.

— Allez ! l'implora-t-elle.

Valsens se mit à sourire. C'était bon signe. Elle reprit son bras et, tout en avançant vers le temple, elle se rappela qu'elle possédait les quatre premiers feuillets du carnet... Et le mot... le mot que Degrenne avait dans sa poche. Rien n'était perdu.

Ils franchirent le pont de bois. Aimée s'était agenouillée... Pendant un instant Roselys craignit que sa cousine ne souffre d'un malaise. Elle était encore si fragile. Elle pressa le pas, inquiète. Mais non, une scène émouvante se déroulait. Aimée, le visage rose d'émotion, présentait à Marie-Antoinette une fleur, une rose, sa rose...

– Votre Majesté. Voici la première... Marie-Antoinette de Trianon.

La reine la prit délicatement entre deux doigts, en sentit le parfum subtil avant de la remercier d'un lumineux sourire.

– Quelle merveille ! fit-elle. Je suis tout à la fois enchantée et très flattée. Merci, mademoiselle de Croisselle.

– Quel geste ravissant ! l'arrêta Aglaé. Vous devriez vous faire peindre ainsi, avec à la main cette belle rose qui porte votre nom.

– Ma fille a raison, approuva Mme de Polignac. Cette pose est magnifique.

– Me faire peindre avec une fleur ? s'esclaffa la reine. Pourquoi pas ? J'en parlerai à Mme Vigée-Lebrun. Nous aurions ainsi deux Marie-Antoinette sur la même toile... Quel bonheur de vivre ici, reprit la reine.

Elle ouvrit les bras, comme pour enserrer le superbe paysage qu'elle avait sous les yeux, les beaux jardins et son petit château si paisible.

– J'aimerais ne jamais quitter ce paradis, ni mes belles roses de Trianon.

Roselys regarda Étienne. Elle lui sourit. L'avenir s'annonçait radieux...

CE ROMAN VOUS A PLU ?

Donnez votre avis
et retrouvez
d'autres lecteurs sur

LECTURE academy.com

1

Jardins de Trianon, août 1780

— Ah, Monseigneur ! Quel beau costume !
s'écria Aglaé de Guiche au comte d'Artois
en le voyant apparaître au détour d'un bosquet de
roses.

Ses deux amies de couvent, Louise de Polastron
et Aimée de Croisselle, tout comme la cousine de
cette dernière, Roselys d'Angemont, se mirent à
applaudir.

Le comte d'Artois se rengorgea. Grand, svelte et
le visage agréable, il ne manquait pas de prestance !
Il tourna sur lui-même, tendit la jambe d'un air crâ-
neur pour montrer son collant en tricot blanc et ses
chaussons de cuir, bomba le torse, puis fit admirer
sa chemise rouge, sur laquelle il portait un boléro
brodé de sequins d'argent.

Intriguée par l'étrange déguisement, Roselys cherhca le regard d'Étienne de Valsens. Il se contenta de froncer les sourcils d'un air qui semblait dire : « Ne me posez pas de questions, j'ai juré de me taire. »

Mais le secret ne fit pas long feu. Le prince les entraîna dans les jardins, derrière le théâtre de Trianon, où la reine Marie-Antoinette jouait la comédie. Là, non loin des glacières, avait été installé un curieux matériel : deux mâts entre lesquels était tendu un filin.

— Promettez de garder le silence, demanda-t-il.

Et il leur désigna deux hommes vêtus de costumes semblables au sien. L'un avait la trentaine, l'autre était un adolescent aux cheveux filasse.

— Je vous présente Placide et le Petit Diable, les meilleurs danseurs de corde de Paris. Ils m'apprennent leur art. Encore quelques leçons, et je pourrai me produire devant la reine, ma belle-sœur.

Les deux saltimbanques se courbèrent, tandis que les jeunes filles gloussaient, sans pour autant s'étonner de cette nouvelle lubie : le prince était très habile dans toutes les activités physiques.

— Voilà un jeu dangereux, Monseigneur, déclara la blonde Louise avec moins d'enthousiasme que ses camarades. Est-ce bien raisonnable de risquer ainsi votre vie ?

Le comte d'Artois prit sa main, qu'il embrassa :

— Ne vous inquiétez pas. Ces messieurs me secourront au moindre problème.

Le regard de la brune Aglaé s'assombrit.

D'ordinaire, le prince lui accordait toute son attention. Un rien jalouse, elle s'empressa de se pendre à son bras pour lui susurrer :

— N'écoutez pas Louise, elle s'angoisse à tout propos. Montrez-nous vite ce que vous savez faire. J'ai hâte de vous voir à l'œuvre.

Le jeune homme grimpa aussitôt à l'un des deux mâts. Il se plaça sur une plate-forme installée à une bonne toise[1] du sol et attendit que Placide lui apporte un long balancier. Puis il s'avança sur le câble à pas glissés, ce qui arracha des cris de peur aux spectatrices. Ensuite il improvisa quelques entrechats, suivis de petits sauts sur la pointe des pieds, et il entonna un air jovial, comme pour prouver à quel point il se sentait à l'aise.

— Qu'est-ce donc que cette folie ? demanda Roselys à Valsens en se penchant vers lui.

Son ami prit le temps de détailler ses cheveux acajou relevés en chignon, dont une boucle retombait sur son décolleté, et ses yeux noisette. Qui aurait pu imaginer que, sous son aspect de jeune

---

1. Unité de mesure. Une toise correspondait à six pieds, soit environ 1,80 m.

fille discrète, la répétitrice de la reine cachait un redoutable garçon manqué ? Voilà à peine quelques jours, ils s'étaient battus ensemble à l'épée contre des malfrats de la pire espèce... Il toucha du bout des doigts son épaule blessée, encore bandée sous son gilet[1], puis il répondit à voix basse :

— Le comte d'Artois a commencé ses leçons il y a quinze jours. Évidemment, tout le monde l'ignore, à part la reine. Songez un peu à ce que diraient les courtisans... Que c'est inadmissible. Un prince de France qui joue les saltimbanques !

— Nous avons bien une souveraine actrice ! rétorqua Roselys en riant. Personnellement, je ne vois aucun mal à danser sur une corde, même si tout cela paraît très surprenant. À vrai dire, j'adorerais en faire autant. Ce doit être si grisant d'évoluer à six pieds de hauteur... Vous ai-je raconté que j'étais douée pour grimper aux arbres ?

Son compagnon secoua la tête d'un air faussement désapprobateur.

— Aux arbres !

— Ma tante de Croisselle, qui m'héberge à Paris, en aurait des vapeurs ! lui glissa-t-elle en riant. Elle est si sévère ! Elle me prend déjà pour une demi-sauvage... Que penserait-elle si elle savait que je touche assez

---

1. Voir le tome 1 : *Roselys, justicière de l'ombre*.

bien de l'escrime, au point de me battre en duel, et que je me promène la nuit dans Paris, vêtue en homme...

Mais Monseigneur d'Artois redescendait déjà de son perchoir. Il se vit aussitôt entouré par son ami et trois spectatrices enthousiastes. Roselys, quant à elle, se dirigea vers les acrobates.

— Puis-je essayer ? demanda-t-elle.

Placide, qui ne s'étonnait plus d'aucun caprice de la noblesse, acquiesça.

— Bien sûr, mademoiselle. Ma femme vous apprendra volontiers. Elle vous apportera dès demain un costume et des chaussures.

— Non, tout de suite... S'il vous plaît ! supplia-t-elle. Rien qu'une fois !

Le Petit Diable ôta ses chaussons de cuir avec un sourire complice.

— Ils devraient vous aller.

Mais Valsens s'approcha d'elle, le regard inquiet.

— Êtes-vous folle ? s'indigna-t-il alors qu'elle s'asseyait dans l'herbe pour enfiler les ballerines.

— Si Monseigneur y arrive, j'y arriverai aussi.

— Vous vous donnez en spectacle ! ajouta-t-il à voix basse. Oubliez-vous que vous... ne portez rien... sous votre robe[1] ?

---

1. La culotte n'a été inventée qu'au XIXe siècle. Hormis les écuyères, qui enfilaient sous leur costume une sorte de caleçon long, afin de ménager leur pudeur en cas de chute, les femmes ne portaient pas d'autres sous-vêtements sur le bas du corps que des jupons et des bas.

PAPIER À BASE DE FIBRES CERTIFIÉES

Le Livre de Poche s'engage pour l'environnement en réduisant l'empreinte carbone de ses livres. Celle de cet exemplaire est de : **350 g éq. CO₂** Rendez-vous sur www.livredepoche-durable.fr

« Pour l'éditeur, le principe est d'utiliser des papiers composés de fibres naturelles, renouvelables, recyclables et fabriquées à partir de bois issus de forêts qui adoptent un système d'aménagement durable. En outre, l'éditeur attend de ses fournisseurs de papier qu'ils s'inscrivent dans une démarche de certification environnementale reconnue. »

Édité par la Librairie Générale Française - LPJ
(58 rue Jean Bleuzen, 92170 Vanves)

Composition Nord Compo
Achevé d'imprimer en Espagne par CPI
Dépôt légal 1re publication : mars 2017
67.7813.5/03 - ISBN : 978-2-01-911019-2
Loi n° 49-956 du 16 juillet 1949 sur les publications destinées à la jeunesse
Dépôt légal : novembre 2017